A vivência de Clarisse

Isabella Danesi

A vivência de Clarisse

COLEÇÃO NOVOS TALENTOS DA LITERATURA BRASILEIRA

novo século®

São Paulo, 2013

Copyright © 2013 by Isabella Danesi

COORDENAÇÃO EDITORIAL Nair Ferraz
DIAGRAMAÇÃO Edivane Andrade de Matos/Efanet Design
CAPA Monalisa Morato
PREPARAÇÃO Alessandra Miranda de Sá
REVISÃO Mila Martins

TEXTO DE ACORDO COM AS NORMAS DO NOVO ACORDO ORTOGRÁFICO
DA LÍNGUA PORTUGUESA (DECRETO LEGISLATIVO Nº 54, DE 1995)

DADOS INTERNACIONAIS DE CATALOGAÇÃO NA PUBLICAÇÃO (CIP)
(Câmara Brasileira do Livro, SP, Brasil)

Danesi, Isabella
A vivência de Clarisse / Isabella Danesi – Barueri, SP : Novo Século Editora, 2013. – (Coleção novos talentos da literatura brasileira)

1. Ficção brasileira I. Título. II. Série.

13-12309   CDD-869.93

Índices para catálogo sistemático:
1. Ficção : Literatura brasileira 869.93

2013
IMPRESSO NO BRASIL
PRINTED IN BRAZIL
DIREITOS CEDIDOS PARA ESTA EDIÇÃO
À NOVO SÉCULO EDITORA LTDA.
CEA – Centro Empresarial Araguaia II
Alameda Araguaia, 2190 – 11º andar
Bloco A – Conjunto 1111
CEP 06455-000 – Alphaville Industrial – SP
Tel. (11) 3699-7107 – Fax (11) 3699-7323
www.novoseculo.com.br
atendimento@novoseculo.com.br

Este livro é dedicado a
minha mãe e a meu pai,
que sempre me incentivaram
a vencer os desafios que a vida nos traz.

1

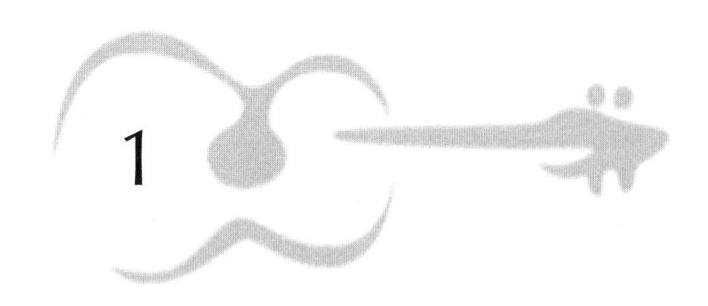

Meu nome é Clarisse Agnelli, tenho dezessete anos, e quero compartilhar com você uma vivência muito importante e recente em minha vida. Para que possa me conhecer melhor, vou tentar me descrever. Sou baixa, tenho olhos cor castanho-mel, cabelos castanho-claros, uma boca pequena e pele dourada. Sou descendente de italianos, o que talvez explique por que adoro comer pizza ou qualquer massa. Não sou encanada com meu peso, ao contrário de muitas amigas minhas – mesmo porque acho que estou na média, compatível com minha altura. Enfim, sou como qualquer outra adolescente que adora ter as horas de vaidade e as farras com os amigos, mas sei também serem necessárias as horas de concentração e estudo.

Estudo no Colégio Waldorf. Ele adota uma pedagogia diferente das escolas normais, que só pensam em preparar os alunos para o vestibular. Na minha, aprende-se para uma vida inteira. Sou brasileira e moro em São Paulo, a maior cidade do Brasil, com sua população de mais de 10 milhões de habitantes, no bairro de Alto de Pinheiros, mas nunca gostei muito de viver aqui. Não porque falam que somos emergentes ou coisa do gênero, mas é que eu nunca me senti parte dessa nação.

A primeira vez que me dei conta disso foi quando eu tinha catorze anos e viajei com meus pais para a Europa, com destino à Itália e França – dois lugares que me encantaram por sua cultura e vida. Mas o que mais me fascinou foi o passeio de um dia que fizemos a Londres. Era tão linda a antiga Londres, e me passou uma sensação tão boa! Mesmo que o clima não fosse o melhor do mundo, era ali que me sentia acolhida e completa.

Algo que alimentei na minha imaginação até os meus dezesseis anos foi retornar para lá e, quando aconteceu, foi por meio de uma história e destino bem diferentes. Um intercâmbio cultural me permitiu realizar esse sonho, que me fez mudar o meu modo de olhar a vida. Coincidiu com uma fase em que as perguntas que todos se fazem me surgiram com mais intensidade – não sabia mais o que queria nem quem eu era.

Meu intercâmbio não foi comum, como você terá oportunidade de concluir ao longo da minha narrativa. Tenho certeza de que, lá na frente, concordará com essa minha afirmativa. Recebi primeiro uma menina da Inglaterra, a Giovanna, da mesma idade que eu. Consegui seu contato através do meu tio, que é amigo do pai dela.

Giovanna veio primeiro ao Brasil em intercâmbio, ficando na minha casa por oito meses, e fui para lá em seguida. Meu intercâmbio era para durar o mesmo tempo, mas as coisas não aconteceram bem assim.

Eu era fã de uma banda inglesa de rock chamada Flight 08, que chegou ao topo da parada de sucesso do Reino Unido com o *single Stay with Me*. Apesar de ser formada somente por garotos bem novos, fizeram também um filme com Julian Button, isto é, gravaram praticamente toda a sua trilha sonora. E foi por intermédio desse filme que conheci o Flight 08.

O melhor de tudo foi descobrir que Giovanna conhecia pessoalmente o Flight 08 – seu pai era um dos empresários da gravadora deles, a Island World Record, e ela namorava o vocalista principal da banda, Scott March, de dezenove anos – um namoro firme de três anos.

Os outros integrantes da banda eram Mark Rush, 19 anos (agora com 20), também vocalista; Brian Polow, 17; e Anthony Ruver, de 21 anos, respectivamente o baixista e o baterista. Brian era um palhaço sem limites e muito bonito, e Anthony, mais quieto, porém charmoso com seus muitos mistérios. Viviam enfiados em um estúdio, ensaiando, e eu achava interessante observá-los porque cada um tinha seu jeito de ser, o que os tornava uma banda única para mim. Também acabei conhecendo a banda Crush, que fazia *covers* e ajudou o Flight 08 a alcançar a fama que tem hoje. Seus integrantes eram James, Landon e David, mas atualmente cada um faz uma coisa diferente. James e David estão em bandas separadas, e Landon, trabalhando na MTV.

Ao conhecê-los, nem imaginava como me envolveria com aquela banda e quais seriam as motivações para que um dos integrantes se tornasse especial para mim.

2

Nos oito meses que Giovanna passou em casa, desde o início, pirou a cabeça de todas as minhas amigas ao mencionar o Flight 08 e o fato de namorar um dos integrantes. Ficou muito conhecida entre as fãs brasileiras, chegando a dar várias entrevistas para o site oficial deles aqui no Brasil. Mas, sobretudo, Giovanna estava sendo uma grande amiga para mim: parecíamos nos conhecer há séculos. Passávamos momentos únicos, de altas risadas a sérias conversas de mulher (como se *fôssemos adultas*). A minha convivência com ela me levou a refletir sobre como é bom quando se tem alguém em quem confiar. Não que eu não confiasse nas minhas amigas daqui – em quem confio e sempre confiarei –, mas, quando você convive com alguém que está fragilizada, longe de seus domínios, acaba sabendo quem é realmente essa pessoa. Por exemplo, tinha dias em que Giovanna chorava de saudades da família e do Scott, principalmente depois que ligava para eles. Porém, já no dia seguinte, estava ótima. E o que eu achava DEMAIS era o fato de ela gostar de tomar chá TODAS as tardes.

Eis que o período de permanência da Giovanna no Brasil voou como num passe de mágica. E, numa sexta-feira de manhã, as malas (as de Giovanna e as *minhas!*) estavam no porta-malas do carro de meu pai. Lembro-me de que eu tremia de nervosismo, misturado com ansiedade. Sempre achei uma bobagem essa história de insegurança e medo, mas naquele momento fiquei me perguntando se aquela viagem era algo que queria mesmo fazer. Minha solução, em situações semelhantes, sempre foi fingir que estava tudo bem. Hoje, reconheço que não estava bem, e penso: para que esconder uma coisa tão pequena e boba? Se eu tivesse demonstrado minha insegurança em partir para aquela aventura de intercâmbio num país estranho, com uma língua estranha, mesmo que acompanhada de uma amiga com quem já tinha um relacionamento próximo, tenho certeza de que meu nervosismo teria sido menor.

Além disso, eu ainda contava com minhas três melhores amigas: Dani, Victoria e Paula, que saberiam me apoiar; o que, aliás, elas já estavam fazendo muito – me botando para frente, ao dizer que iria ser uma boa experiência para mim.

A viagem de carro até o aeroporto levou uma hora ou mais, pois o trânsito estava péssimo, mas ainda bem que planejamos sair antes, caso contrário, não chegaríamos a tempo.

No carro estávamos eu, Giovanna, mamãe, meu pai, Felipe (meu irmão de catorze anos) e Carol (minha prima). Chegando a Guarulhos, bateu aquele nervoso de novo, mas agora as lágrimas caíam, sem disfarces. Foi difícil a hora de me despedir com passagem na mão, passaporte e hora de embarcar no avião em poucos minutos. Se por um lado foi uma despedida triste, por outro, eu me alegrava pelo fato de ir conhecer pessoas novas e outra cultura.

Quando chegamos a Heathrow, o aeroporto internacional de Londres, fiquei emocionada logo na saída de desembarque. Lá estava o conhecido Scott da banda Flight 08, com os cabelos loiros e lisos e as bochechas rosadas, igual às fotos da internet. Usava uma calça jeans gasta, uma camiseta desbotada e velha, onde se lia "London", e óculos escuros. Definitivamente, ele tentava ser o mais discreto possível e passar despercebido. Ao seu lado vi Paul, o pai de Giovanna. Achei que devia ter uns cinquenta anos, e os traços dele lembravam os de Giovanna, com o rosto redondo e olhos azuis e penetrantes.

– Scott! – Giovanna deu um abraço bem apertado e um beijo no rosto do namorado.

Foi algo tão estranho para mim essa forma de tratamento, pois isso nunca aconteceria no Brasil. Casais que estão há meses sem se ver dariam um belo de um amasso no meio da multidão – foi o que me ocorreu. Quem sabe não era a presença do pai dela que a deixava tímida? Talvez eu, no lugar dela, também me sentisse embaraçada.

– Pai! – depois de abraços e beijos, Giovanna me apresentou a ele e a Scott.

No caminho para casa, Giovanna não parava de falar sobre a experiência no Brasil e, para tudo que perguntava, ou eu assentia com a cabeça ou respondia que sim ou não. Eu tentava me concentrar ao máximo no que falavam. A verdade é que, naquele exato instante, não estava mais ali. Mal conseguia falar de tanta emoção pelas novidades. Embora já tivesse ido à Inglaterra há cerca de dois anos, ainda assim me chamavam a atenção os seguintes detalhes:

1. A direção da estrada é contrária e a direção do carro também.
2. Os táxis são realmente iguais aos dos filmes ingleses.

3. A paisagem de inverno é caracterizada por árvores nuas, totalmente sem folhas nos galhos.
4. Tinha conhecido Scott March, do Flight 08.

Casas muito fofas e pequenas, tipicamente europeias, passavam diante de nossos olhos conforme o carro avançava pela estrada. Lembrei-me bastante de minha mãe, que sempre dizia desejar morar em uma delas.

Giovanna virou-se do banco da frente de repente e, me encarando, perguntou:

– Clair, não é verdade que a praia do Brasil é um paraíso? – perguntou em português.

– Ah, é sim... – concordei.

Em seguida, Gio traduziu nosso diálogo para o Scott, que emendou que gostaria de ir ao Brasil para conhecer as praias das quais a namorada tanto falava.

– Seria legal se você e Scott passassem alguns dias no Brasil, em casa – falei, com a voz trêmula e num inglês um tanto incerto.

Olhei para fora da janela e percebi que nos aproximávamos do centro de Londres, com suas milhares de casas e gente andando pelas ruas. Havia muitas pessoas com sacolas de compras e alguns poucos turistas tirando fotografias com a família. Scott virou-se para mim e perguntou:

– No Brasil, o que é que vocês mais gostam de fazer?

– Churrascos e festas aos sábados, ir a baladas ou shows, sair ou viajar com os amigos, entre outras coisas. E por aqui?

– Aqui é muito diferente do Brasil, Clair – interrompeu Giovanna, quando Scott ia começar a responder. – As pessoas se encontram em bares e restaurantes, e as reuniões com amigos acontecem em casa – respondeu em português, fazendo com que Scott e o pai dela a olhassem com curiosidade.

– O que vocês estão falando? – Scott perguntou, e Gio respondeu num inglês tão rápido, que não entendi mais nada.

Logo em seguida, Scott me dirigiu novamente a palavra:

— Estou convidando você para o nosso encontro de sábado à noite, que a Gio já frequenta — falou em um inglês claro e pausado.

— Ah, me parece uma ótima ideia! — Sorri para ele, meio tímida. No íntimo, estava radiante: ia conhecer a banda e *todos* os seus integrantes! — Sabia que eu adoro as músicas de vocês?

— A Gio me contou que você assistiu ao filme. Qual música é a sua preferida?

— Hum... *Stay with Me* — respondi sem hesitar.

— Essa é boa! Gio me disse que várias brasileiras gostam muito da banda. Só por curiosidade: o que elas acham de nós?

— Ah, amor, pode parar com essa conversa de novo. Antes, ficou perguntando da Clair no MSN e, agora, são as brasileiras em geral! — Giovanna cortou.

Ela era muito ciumenta em relação a Scott, principalmente com as fãs dele. Algo bastante irônico, pois o sucesso de uma banda se mede pelo número de fãs que possui. Mas ela não suportava ouvir alguma de minhas amigas comentar sobre o Flight 08, e menos ainda quando falavam do namorado dela.

A casa de Giovanna, que ficava em Chelsea, West London, era uma construção inglesa bem típica, com três quartos, duas salas, quatro banheiros e uma cozinha. Embora grande para o padrão deles, era pequena se comparada às casas de classe média do Brasil. O quarto em que fiquei acomodada ficava no último andar, com vista para a praça da rua e o jardim da casa. Era espaçoso, com uma cama e uma escrivaninha com gavetas. Havia uma escada para o sótão, que foi transformado em banheiro e tinha armários do lado de fora, com uma pequena janela no alto.

Deitei-me na cama e suspirei, entre feliz e assustada. O que me aguardava nos próximos meses? Conseguiria me adaptar a um cotidiano tão diferente e distante do meu dia a dia no Brasil?

3

Naquela tarde de sábado, logo após o almoço que a Betsy, mãe de Giovanna, preparou para nós, fui tirar uma soneca, para me recuperar da cansativa viagem. Giovanna, enquanto isso, ficou conversando com os pais e Scott sobre a viagem.

Meu sono estava tão pesado, que perdi a noção de onde estava quando uma voz me chamou:

– Clair, já são seis horas!

Levei um susto e me levantei de uma vez. Ao me virar, vi a Gio ao lado de minha cama.

– Scott vai dar uma carona para a gente; vai se arrumar rápido.

– Ai, meu deus! Perdi a hora! Me dá dois minutos que eu já desço. – Lembrei na hora do meu encontro com a banda. Vesti-me a jato e disparei escada abaixo. Giovanna já vestia seu casaco preto.

– Vamos! – gritou com entusiasmo. – Finalmente, você vai conhecer eles!

Só de ouvir Giovanna falar *eles*, meu coração deu um pulo enorme; não sabia se queria realmente conhecê-los pessoalmente ou continuar mantendo-os como ídolos, na minha fantasia. Afinal, o que não se conhece é mais fácil de idealizar, concorda?

Todos da banda moravam em Friern Barnet, sudeste de Londres, a aproximadamente 21 quilômetros, ou 34 minutos, de Chelsea.

Scott ligou a rádio enquanto dava a partida no motor. Passamos pela rua Brompton, onde avistei a Harrods, a famosa loja de departamentos inglesa; em seguida pelo Hyde Park, onde há o Wellington Arch e o Marble Arch, ambos monumentos construídos em 1825 por George IV para comemorar as vitórias britânicas na guerra napoleônica.

Quando chegamos a Friern Barnet, viramos uma rua e mais outra, até avistar e transpor o portão de um condomínio. Sentia meu coração bater descompassado: dali a poucos segundos a minha vida iria mudar para sempre! Tive certeza disso, principalmente ao pisar no estúdio da casa deles e ver com meus próprios olhos os integrantes da Flight 08 pela primeira vez!

Sentado em um dos bancos, Mark Rush, em carne e osso, tocava seu violão e cantava *Stay with Me* (minha música preferida). Os cachos do cabelo castanho estavam todo bagunçados, e ele usava uma blusa azul-marinho de manga comprida, com uma camisa polo cinza por baixo e uma calça jeans que parecia bem surrada. Seus olhos azuis olhavam concentrados para o violão, e ele parecia igual ao Mark que eu fantasiava. Mas na minha fantasia não havia aquela menina loira debruçada em seu ombro, quase roçando o nariz pontudo na bochecha dele e aparentando ser uns três anos mais velha... Nunca ouvi que Mark estivesse namorando; segundo Gio, ele tinha as "ficantes" de cada semana, e esta, com certeza, era uma delas.

Brian e Anthony, que estavam sentados em uma das poltronas de frente para os dois, ao nos verem, vieram ao nosso encontro. Brian tinha os cabelos loiros puxados para trás por uma bandana de tenista, idêntico às fotos que apareciam nas revistas, bem como olhos verdes cintilantes. Usava um moletom da Hurley e me cumprimentou com uma risadinha.

– Está gostando de ficar na casa da Gio? Porque, se não estiver, pode vir morar comigo! – brincou.

Tentei retribuir seu gracejo com um sorriso amarelo.

Anthony usava o cabelo bem curto com costeleta e uma barba bem rala, que davam um charme extra aos olhos azul-escuros. Vestia um moletom xadrez. Foi mais sério ao me cumprimentar, ficando na dele. Havia mais gente naquele estúdio, a quem Scott me apresentou: James, David, Steve e Landon. Eram todos amigos deles.

James me contou que já havia tido uma banda chamada Crush, junto com David e Landon (o Flight 08 fazia *cover* deles). Eles me perguntaram como eram as bandas do Brasil e de que tipo de música nós gostávamos. Tentei explicar a rica mistura de ritmos que existe aqui e que, para mim, não havia "a" melhor banda. Nesse exato momento, a música parou de tocar e, pelo canto do olho, percebi que Mark beijava a loira no canto da sala. A conversa morreu quando ouvimos Mark declarar em voz alta:

– Já que você acha que é só conversa, gata, eu vou falar em voz alta: EU TE AMO, OLIVIA!

Aquele nome doeu nos meus ouvidos. Todos os meninos começaram a rir e a brincar com Mark:

– Ai, que cara romântico! – zoou Landon.

Olivia sorriu ao ouvir a declaração. É claro que eu não tinha nada com o Mark e ele nem havia falado comigo, mas naquele momento senti um estranho arrepio, como se aquilo não fosse acontecer se eu tivesse chegado antes.

– Esta não é a primeira a cair nessa conversa, meu velho! – comentou James para os meninos.

Eu só observava a cena. Será que ele estava mesmo apaixonado por ela? Um pouco antes, eu achava que ele, pessoalmente, era melhor do que o Mark da minha fantasia, mas naquele momento concluí que, pelo menos na fantasia, não tinha galinhagem... e ele também não me atingia como aquela vaga sensação incômoda que não conseguia decifrar.

Logo em seguida, a loira se despediu rápido de todos. Mark então se aproximou da roda da qual era o assunto principal. Cumprimentei-o do jeito tradicional inglês, com um aperto de mão.

– Oi, eu sou a Clarisse... – Meu coração disparou e um calor súbito me subiu ao rosto, enquanto minha voz fraquejava e não conseguia respirar direito.

– Já deve saber que eu sou o mais legal daqui. E você é a brasileira. – Ele deu uma risadinha e uma piscadela para mim.

– Esse é o Mark! – apresentou Brian, desnecessariamente.

– Prazer em conhecê-lo. Mas você parece bem convencido, hein? – busquei antes a palavra em inglês que queria usar.

– Eu, convencido? – Mark perguntou para os outros à minha volta.

– *Nem*, Mark! Você é um cara muito idiota, que *se acha* com esse seus pelos do sovaco – avacalhou Brian. – Não ligue pra ele, Clarisse! Ele fede!

– Ela falou que eu sou convencido... Me fala então por que sou convencido; agora eu quero saber. – Soltou outra risadinha, esta bem breve, e falou baixinho para mim: – Acho que você é a próxima da lista do Brian.

Eu sentia meu rosto queimar e estava muito decepcionada com ele. Primeiro por achá-lo perfeito – o que ele não era; era, sim, igual aos outros. Desferi um golpe baixo:

– Ah, quer realmente saber por que te acho convencido? Bem, primeiro você precisaria se ver no espelho: sua boca é grande demais para seu rosto, tão grande que fica desproporcional...

Mark fez cara de surpresa.

– Você me odeia ou o quê?

– Não, mas você é um bobo que se acha o centro do mundo. Nunca te falaram isso? – Era tanta decepção, que soltei meu inglês sem medo.

– Uau, você realmente é a dona da verdade – respondeu ele em tom irônico, depois de um certo tempo me encarando.

– Não sou dona da verdade. É só o meu ponto de vista, e não quer dizer que ele esteja certo: talvez eu esteja errada.

– Adorei essa garota! – comentou Landon.

– É... – Mark estava sem ação.

Parecia que o tinha pego de surpresa. Ele permaneceu me olhando por um bom tempo em silêncio, e aquilo me incomodou muito. Para disfarçar meu constrangimento, forcei um sorriso.

Os outros meninos tinham se dispersado com uma garrafa de uísque para o outro lado do estúdio.

– Já terminaram o namoro? – gritou Brian com um copo cheio na mão. – Venham brindar com a gente!

Mark pegou dois copos para nós e brindou:

– Ao Flight 08! – Virou o copo de uma vez, enquanto eu tentava beber uns goles, mas logo já estava tonta.

Foi uma festa de risadas. No meu sonho daquela noite, lembro-me de que conversava com Mark e lhe dizia que gostava muito da banda deles. Manifestei desejar muito que eles fossem ao Brasil; em seguida, ele me perguntou algo que não recordei ao acordar, depois me beijou. Ai, que sonho bom. Parecia até real!

4

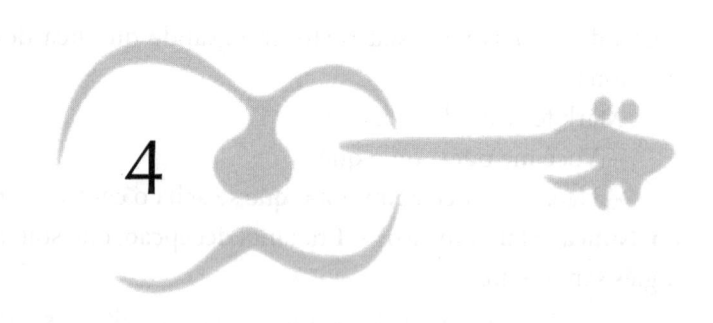

Acordei naquela manhã com uma ressaca horrível. Estava deitada no meu quarto... Como era possível, se ontem estava em Friern Barnet, na casa dos Flight 08? Devia ter bebido demais, para variar. Não costumo beber muito, embora antes eu exagerasse, mesmo sem querer. Olhei para o relógio da cabeceira da cama e levei um susto: uma da tarde... Meu Deus! Era o primeiro dia que eu estava na Inglaterra e já assim, de ressaca e levantando tarde.

Sentei-me na cama e vi um bilhete de Gio na escrivaninha: *Clair, saí com meus pais e já volto. Fique à vontade. P.S.: Fiquei sabendo de você e Mark, hein?!*

QUÊ? Ela sabia *do quê* sobre mim e Mark? Ai, meu Deus, lembrava-me agora de tudo: o que eu achava ter sido um sonho acontecera de verdade! E o Mark, antes de me beijar, havia murmurado alguma coisa que eu não recordava, ou na qual não queria acreditar. Mas decidi que ele não iria ser o esperto daquela vez, fazendo comigo o que fazia com as outras. O jeito seria fingir que não havia acontecido nada, mesmo que o meu coração falasse outra coisa.

Vesti-me e fui até a cozinha, onde a mãe de Gio havia deixado um recado afixado na geladeira: *Bom dia, Clarisse. Fomos visitar uma tia da Giovanna no hospital e já voltaremos. Fique à vontade. Atenciosamente, sra. Watson.*

Apesar de estar bem sem graça com a situação, fui comer uma torrada com manteiga, acompanhada do típico chá inglês. Sentia-me a própria inglesa em um dia como qualquer outro, como se na noite anterior não tivesse rolado nada com um músico famoso. Exceto pelo fato de que não conseguia parar de pensar nele. Depois do chá com torradas, fui ao computador para ver se tinha mensagens no meu Facebook e entrei no Skype.

Ao ouvir o ruído da porta de entrada da casa sendo aberta, distingui a voz da mãe de Gio conversando com o pai e a voz de Gio ao fundo, como se falasse no celular. Desci as escadas bem devagar, com medo de levar algum sermão ou coisa do tipo, mas segui em frente:

– Bom dia!

Eles deram um sorriso para mim e responderam com educação. Eu me perguntava se realmente gostavam de mim ou se apenas tinham consideração pelo fato de eu ser sobrinha de um amigo deles – meu tio, no caso. Eles eram educados, mas pareciam frios.

– Clarisse, quer conhecer o centro de Londres hoje? – perguntou Paul, fazendo com que minha desconfiança a respeito de gostarem de mim (só porque eu tinha ido a uma festa, bebido um pouco demais e dormido outro tanto) desaparecesse.

– Lógico! – Não pensei duas vezes.

– Não se atrasem para o jantar, querido – avisou a mãe de Gio.

Os pais de Giovanna pareciam não ligar para a minha presença na casa: só me perguntavam o essencial em relação às minhas necessidades ou comentavam algo sobre o meu tio. Eram os únicos assuntos que abordavam comigo. Se por um lado era bem monótono, por outro era bom, porque me sentia livre e com privacidade, enquanto Gio tinha de dar relatório de aonde ia e com quem ia se encontrar. Mas eu reconhecia que se esforçavam bastante para que minha estadia fosse boa e gostava deles, mesmo sendo um pouco frios.

A manhã estava fria, mas o sol era firme no céu de um azul lindo. Algumas crianças brincavam na praça da frente da casa quando o sr. Paul tirou o carro do estacionamento e manobrou para que eu e Gio pudéssemos entrar.

"Verdade vc e o Mark?", Gio me mandou no Whatsapp pelo celular, quando estávamos no carro. Aquilo me divertiu muito.

"Ontem sim, mas hoje não: não dá certo eu ficar com ele", respondi.

"Por que não?"

"Porque eu sou só mais uma."

"Você vai se esquecer de tudo isso só porque se acha *mais uma*?"

Gio não entendia meu ponto de vista.

"Eu sou a Clarisse, e ele, um músico famoso", justifiquei.

"Deixe de ser boba; tenho certeza de que Mark vai gostar de você como é."

Fiquei sem resposta e me calei. Sabia, vagamente, que estava sendo infantil com esse meu medo de ser quem sou, de ser apenas uma qualquer para ele. Sonhava com Mark do meu jeito ideal, esquecendo-me de que todo mundo tem os seus defeitos, inclusive ele.

– Olhe, Clarisse, esta é Apsley House, que foi residência dos duques de Wellington, hoje transformada em museu e galeria de arte. Podemos vir aqui depois, para você conhecer melhor. – O sr. Paul apontava os pontos turísticos enquanto avançava com seu carro. – E nesta praça fica a Wellington Arch e, logo ali, o Palácio de Buckingham.

– Olha, Clair, o Hard Rock Cafe! – Gio exclamou. – Depois a gente vem aqui.

– Aqui é o Picadilly Circus, onde há bastante coisa para se fazer, como teatros, cinemas e bares – o pai de Gio explicou, como se fosse um guia turístico.

O celular de Gio tocou nesse momento.

– Ah, vocês! Tá combinado, então! – Depois de alguns segundos de conversa, ela se virou para o pai. – Pai, me deixa na Trafalgar Square? Vou me encontrar com a Roxy, a Dayse e a Katy.

– Não sei, querida – Paul falou com hesitação. Era um pai muito liberal, enquanto a esposa, uma mãe conservadora demais.

– Pai, a Jane não vai estar; só vão estar as meninas de sempre – Gio argumentou, entendendo a hesitação.

– Está bem, mas vê se não demora, porque sua mãe fica impaciente. Se acontecer alguma coisa, você já sabe... – Ele falou de um jeito tão sério, que até me assustei. – Clair, você pode vir comigo.

– Não, deixa ela vir comigo! – insistiu Gio.

– Tá, a responsabilidade é sua. Por isso, não se atrase.

Olhei para o relógio do meu celular: já eram quatro horas da tarde.

Na praça em que a Gio marcou encontro com as amigas havia uma coluna com uma estátua no topo do almirante Nelson, vencedor da Batalha de Tralfagar (1805) – a guerra da Espanha e da França contra a Inglaterra na época napoleônica.

– Gio! – uma menina vinha se aproximando com uma turma grande mais atrás. Era ruiva, de cabelo escorrido e com um *piercing* no nariz.

— Roxy! — Gio e ela se abraçaram.

Em seguida, cumprimentou Jane, baixinha e gorducha, de cabelos claros e olhos castanhos. Lembrava uma bonequinha de porcelana. Gio me contou que os pais não a achavam uma boa companhia pelo fato de ser considerada "má influência".

Conheci ainda Dayse, que parecia ter acabado de sair do cabeleireiro com seu cabelo preso em um coque perfeito e os olhos bem pintados, usando uma bolsa Prada. Katy, dentro de uma calça jeans e um casaco básico, era a que parecia mais equilibrada de todas.

— Sebastian, Joe e Daniel! Que saudades de vocês! — Gio deu um abraço nos amigos e me anunciou com orgulho: — Gente, esta é a Clair, minha irmã brasileira.

— Oi! — todos falaram em uníssono.

— Oi, amigos da Gio... Prazer em conhecê-los! — respondi com uma risadinha.

— O prazer é meu — Daniel se adiantou aos demais. Ele me lembrava alguém, mas não sabia dizer quem.

— Me conta tudo! Como é o Brasil? Como é a vida de vocês? — Todos começaram a fazer perguntas, mas deixei que a própria Gio respondesse.

— A vida do brasileiro é bem diferente da nossa: eles não têm liberdade para sair como nós temos; o transporte mais usado é o carro, mas as praias são perfeitas e com um clima maravilhoso. E tem cada cara moreno lindo, não é, Clair? Do jeito que você gosta, Jane.

— É verdade que vocês têm o Carnaval, em que as mulheres ficam quase peladas? — perguntou Sebastian.

— Algumas, não todas — respondi, achando divertida a ideia deles sobre o Brasil.

— Eu iria ficar louco se ficasse perto de tanta mulher pelada! — concluiu Joe.

— Gio, vou contar ao Scott que você ficou dando mole para os caras brasileiros se não decidirem agora o que vamos fazer – brincou Daniel, e emendou: – Gostei da sua irmã brasileira.

Ele me encarou com seus olhos claros. Danny era alto, o típico menino de porte atlético que joga muito futebol. Tinha os cabelos castanhos despenteados e as bochechas bem vermelhas.

— Ei! Você acha que eu não entendo o que está falando? – Eu o encarei.

— Não sei... – ele deu uma risadinha para mim.

— Olha aqui, Gio, ele acha que eu não sei falar inglês! – respondi indignada em português, para que apenas ela me entendesse.

— O que ela disse? – perguntou Dayse com uma expressão de poucos amigos. – Pode traduzir, por favor?

— Segredo – respondeu Gio. – Vamos para a National Gallery, que quero mostrar para Clair.

— Ah, que saco! Prefiro ficar aqui fora esperando – retrucou Dayse, me encarando de cima a baixo como se eu fosse um verme.

— Tudo bem, eu vou sozinha. – Sustentei o olhar dela com um sorriso.

— Mas, Clair... – Gio ia começar a falar.

— Não, está tudo bem, fique com seus amigos que eu me viro.

— Eu vou com ela – ofereceu-se Daniel, dando uma piscadela para mim.

— Está bem... Clair, vê se não se atrasa, como ontem.

— Não vou me atrasar.

Dayse me olhava como se quisesse me fuzilar. Devolvi a ela outro sorriso e depois me virei para Daniel.

— Você gosta de museu? – perguntou Daniel, enquanto andávamos em direção ao National Galery of London.

– Lógico; representa cultura e história.
– Puxa, pensei que os brasileiros fossem muito diferentes de nós – ele comentou, rindo.
– Tipo o quê? Primitivos? – perguntei, ofendida.

Ele ficou meio sem jeito, mas seu silêncio confirmou meu pensamento.

No guichê para comprar meu ingresso, Daniel foi muito mais rápido e pagou as nossas entradas.

– Ei, não precisava pagar...
– Você é minha convidada; não tem essa de pagar.

Dentro do museu, fiquei encantada com a quantidade de quadros de pintores de quem vira tantas reproduções, mas somente por meio de livros: Leonardo da Vinci, Picasso, Vincent van Gogh, entre outros.

– Você bem que poderia estar em um desses quadros! – brincou Daniel.
– Você é muito engraçado. Este velho é que parece com você! – continuei no mesmo tom.

Enquanto eu observava os quadros atentamente, Daniel não parecia muito interessado neles, e sim em conversar. Algo que me tirava do sério era isto: querer me concentrar em uma atividade contemplativa e chegar aquele engraçadinho para desviar minha atenção com brincadeiras fora de hora. Aliás, eu havia acabado de conhecê-lo.

Logo que terminamos a visita, Daniel perguntou se eu queria ir ao Hard Rock Cafe ou ao Hyde Park. Escolhi o primeiro e fomos andando da Trafalgar Square até o Hard Rock Cafe, que ficava bem em frente ao Palácio de Buckigham. Mais uma vez, Daniel fez questão de pagar meu chocolate quente e, em seguida, me levou para ver os guardas reais da rainha no Palácio de Buckingham.

– O que você acha da rainha? – perguntei.

– Nada em especial; ela faz a parte dela e pronto.

Depois de tentar fazer os guardas com aquele chapelão na cabeça rirem (como se não estivessem cansados de serem provocados por turistas do mundo todo), o que não deu certo, quem acabou rindo foi Daniel. Nesse momento, o celular dele tocou.

– Alô? – ele falou, enquanto olhava para mim. – Onde você tá, cara? Tá, nós já vamos... Até!

– Quem era? – perguntei.

– Sebastian. Eles estão no Hyde Park, junto com a banda Flight 08. Acho que você já deve conhecer, não?

– Conheci eles ontem.

– Então, já deve conhecer o meu primo, o Mark.

Meu coração disparou. Que mundo pequeno: até o cara com que eu estava me divertindo para caramba tinha alguma coisa a ver com o Mark.

– Sim, conheço.

– Por acaso ele fez alguma coisa pra você? – Os olhos dele penetraram nos meus, como se pudessem ler meus pensamentos.

– Não, nem falei muito com ele, mas me parece ser legal.

Caminhamos em silêncio. Queria pensar o mínimo possível no fato que, dali a alguns passos, eu falaria com Mark.

Encontramos todos sentados em um dos bancos centrais do Park.

– Clair e Danny! – gritou Gio.

– Clair, você gosta da família Rush, hein? – Gelei com o comentário malicioso de Brian. Mas Danny não prestou atenção.

Aproximando-nos, percebi que tinha muito mais gente do que no dia anterior, umas sete pessoas a mais.

– Estes são Paul, Olivia, Holly, Paloma, Vivian, Victor e Ashley – James me apresentou para os novos.

Eu só disse "oi" e acenei com a cabeça. Todos fumavam um cigarro básico, e Danny já ia me passando um.

– Não estou a fim – recusei.

Senti dois olhos me olhando no meio da roda, os de Mark, que estava com duas meninas, uma de cada lado. Fiquei sem saber com qual ele estava naquele momento. Meu corpo tremia. Nunca gostei de ser observada quando não me sentia parte integrante de um grupo, como se fosse uma peça avulsa. Você, assim como todo mundo, já teve um momento na vida em que se sentiu menor do que os outros? Pois era assim que eu me sentia naquele grupo estranho.

Mark me encarava como se a qualquer instante fosse me chamar. Até que acenou para a gente sair dali. Olhei-o de novo para ter certeza de seu gesto, enquanto surgia um grupo ruidoso de umas dezesseis meninas com camiseta do Flight 08, desesperadas para pegar autógrafos. Consegui escapar sem que ninguém me notasse e, por incrível que pareça, Mark também.

– Como você fez isso?

– Isso o quê? – Ele me olhou como se não tivesse acontecido nada. – Fugir delas? Ah, isso é fácil.

Demos uma boa distanciada do grupo de meninas loucas e dos outros, caminhando por um gramado lindo e bem cuidado. O sol já se punha no horizonte, enquanto Mark acendia outro cigarro.

– Bom, Clair, acho que deve saber por que eu quero falar com você. Sei lá... Mas eu me sinto na obrigação de te falar que tudo o que aconteceu ontem não passou de ontem.

Aquelas palavras me deixaram mal e nervosa. Fiquei com a horrível sensação de ter sido usada apenas para um momento de prazer dele, embora, pelo que me lembrasse, não tínhamos passado de uns beijos mais *calientes*. Mas me surpreendi respondendo:

– Eu não sabia o que estava fazendo ontem... Entendo quando diz que quer continuar livre. Foi apenas uma ficada, certo?

– Não, Clair! Não é bem assim...

— Desculpe, mas é sim. Sem querer te contrariar... Se foi só para isso que me chamou, é melhor eu ir, pois tenho que voltar para a casa da Gio.

— Clair, não vai não... — Mark me segurou pelo braço. — Fica um pouco mais. Não é que não goste de você; eu gosto. Gostei desde que te vi, quando percebi que você é uma menina... diferente.

Todo o meu corpo tremia. Ele falava de um jeito tão sincero, que tive uma atitude de ternura, sem a qual, talvez, nunca mais seria capaz de me aproximar dele.

— Eu também gosto de você. E, Mark, não estou brava. Eu já sabia disso que você me falou. — Tentei deixar minha voz o mais indiferente possível. Após essas palavras de perdão, dei um abraço nele e falei que precisava voltar.

Graças a Deus, ainda cheguei a tempo de encontrar Gio pegando carona com Sebastian, Joe e as amigas. Chegando em casa, encontramos a mãe de Gio toda preocupada, querendo saber onde a filha estava, com quem e se estava bem.

Depois do jantar, eu e Gio fomos assistir *Diário de uma paixão*, um filme maravilhoso.

— Você e o Scott — comentei com um suspiro para Gio.

— É, pode ser, mas também poderia ser você e o Mark.

— Nós somos amigos e mais nada.

— E o que foi aquilo ontem à noite?

— Estava me tornando íntima dele! — tentei brincar, dando uma risadinha.

— Clair, você beijou um cara do Flight 08, não um qualquer.

— Mas qualquer pessoa pode ser considerada uma qualquer. Ninguém é mais importante que ninguém. Não ligo para isso; o que me importa é a alma da pessoa, e não seu físico. Agora entendo por que tanta gente liga para a aparência, algo que realmente engana.

— Clair, como você é tonta! — Gio caiu na risada.

5

No dia seguinte, meu despertador tocou às sete horas. Era meu primeiro dia de aula na escola, e tinha de ser bem pontual. Gio me deu um uniforme dela da Holland Park Secundary School, uma escola pública do bairro de Chelsea e Knightsbridge. Era formado de uma saia verde, uma meia-calça preta, a blusa branca de baixo e o suéter verde por cima – todos com o símbolo da escola –, além dos obrigatórios sapatos pretos e dos cabelos presos para as meninas e do cabelo com gel para os meninos. Um absurdo para muita gente, mas entendo que escola é uma responsabilidade, e isso deve se refletir até na forma como um aluno se veste – através da obrigatoriedade do uniforme.

Tomamos café e pegamos um ônibus para Holland Park, a catorze minutos de casa. Aquela manhã estava nublada e triste. Não parecia o mesmo lugar do dia anterior. "Esse é que é o verdadeiro clima inglês", pensei, enquanto consultava as horas no meu celular. Eram oito horas.

Descendo no ponto de ônibus, no quarteirão da escola, já fiquei toda animada e me esqueci de que o dia estava triste e frio. Encontramos as amigas de Gio no enorme jardim de entrada. Elas me receberam bem, menos Dayse e Jane, que haviam me desprezado desde o começo.

Dayse chegou a namorar Daniel e, segundo Gio, ela vivia com a irmã, depois de ter perdido os pais em um acidente de avião. Jane, que era sua confidente, tinha uma vida muito dura com a mãe alcoólatra e o irmão mais velho. Katy namorava Joe e tinha um irmão mais velho, Peter, no último ano da Holland Park. Roxy namorava Sebastian e tinha duas irmãs mais velhas.

No meu primeiro dia de aula, fui alvo de todos os olhares quando adentrei o grande corredor com acesso às classes. Entre tantos, somente um olhar me chamou mais atenção: o de Daniel, que estava em uma roda com vários amigos. Ele sorriu para mim, e eu retribuí. Entre a distância que nos separava, porém, surgiu Dayse, que não ia com a minha cara, acompanhada de Jane.

– Bom dia! – ela me deu um sorriso falso. – Espero que esteja gostando daqui.

– Pode ter certeza que sim – retribuí o sorriso.

O sinal bateu e fui ver com Gio, na secretaria, qual seria minha classe. Fiquei feliz ao ver que caíra na mesma que a de Gio. Havia mais duas classes além da nossa.

Na sala de aula, todos os olhares, mais uma vez, se voltaram para mim, pois a aula de introdução com o tutor de classe, sr. Toulson, já havia começado. Ele devia ter uns quarenta e poucos anos, tinha alguns cabelos grisalhos, barba malfeita e olhos bem escuros. Fiquei com muita vergonha quando fui apresentada à classe:

– Nós temos duas novas alunas: Sara Hall e Clarisse Agnelli, que ficará um tempo na casa da Watson. Bem-vindas.

O sr. Toulson falou o resto da aula sobre o Year 11 e os testes que faríamos no final do primeiro termo: os GCSEs, mais especializados nas matérias escolhidas com antecedência. Recebemos também os horários das aulas. Ecolhi Artes e a área de Humanas como opção, mas, mesmo assim, teria aulas de Biologia. Eu tinha dois tempos livres de 45 minutos na terça e na quinta, durante as aulas de línguas estrangeiras (Francês e Alemão). Gio estava toda empolgada com as aulas de Design e Tecnologia, que havia escolhido como opção.

Minha classe tinha 35 alunos, mas a maioria não falava comigo. Isso me obrigou a arrumar coragem para falar com eles, o que não foi fácil, mas depois de um tempo estava acostumada com todos.

Na hora do intervalo, fomos para a quadra, onde os meninos jogavam bola. Um menino muito bonito, alto, de cabelos loiros e lisos e olhos verdes (do jeito que eu falo, parece até um príncipe, mas não! Tinha várias sardas e algumas espinhas; porém, mesmo assim, eu não havia me acostumado com esse tipo de beleza), ficou me encarando enquanto andávamos em direção à arquibancada. Gio e as amigas o cumprimentaram e me apresentaram a ele:

– Clair, este é Max – falou Gio. – Max, esta é a Clarisse.

– Oi – sorri com timidez.

– Oi. Você é a brasileira?

– Sim, sou eu.

Fui me sentar no último degrau da arquibancada com Gio e Katy. Gio contava que estava pensando em dar um presente especial para Scott no Dia dos Namorados, que na Inglaterra é em fevereiro.

Katy a cortou, virando-se para mim:

– E você, Clair, é apaixonada pelo Flight 08, como todas as outras meninas aqui do colégio?

– Não sou apaixonada – menti. – Só gosto.
– Mentirosa! – exclamou Gio. – Ela gosta, e muito.
Depois de tudo o que havia acontecido no sábado, não sentia a mesma paixão de antes.
– Mark é o cara mais idiota que já conheci – desabafei.
Gio me olhou com curiosidade, e Katy comentou:
– Realmente, ele não é confiável.
– Por que não? – perguntei com interesse.
– Ele já ficou com quase essa escola inteira e mais não sei quantas pelo mundo, incluindo modelos.
– Já soube de algumas... Quem já ficou com ele? – Meu coração ficava apertado só de pensar nas suas palavras cruas e duras: *tudo o que aconteceu ontem não passou de ontem.*
– Dayse, Jane, Roxy... a Lila da nossa classe... entre outras.
– É bobagem, Clair – Gio saiu em defesa de Mark. – Mark é muito confiável, sim. Ele só não achou a mulher certa.
Aquilo fez meu coração se oprimir com força no peito.
– Gio, ele é um galinha sem-vergonha, isso sim!
Fiquei indignada. Então, realmente, eram muitas. A própria Katy já havia ficado com ele há dois anos. E isso deixava um clima meio tenso entre as meninas quando falavam dele, como se se sentissem traídas diante das juras de amor eterno não mantidas.

Quando o sinal bateu, fomos para a aula de Matemática com o sr. Wilson. As horas se arrastaram, mas gostei bastante da aula de Artes, com o sr. Jones. Na hora do almoço encontrei o Danny, primo do Mark, e pude confirmar minha impressão de que algo nele me lembrava o próprio Mark, embora não soubesse dizer o quê.

– Oi, Clair! Quer sair hoje à tarde?
– Putz, não sei se vai dar... Vou sair com os pais da Gio hoje.
– Ah, tá. Me passa seu celular, então. – Anotou meu número e disse que me ligaria.

Naquela tarde, depois da aula, os pais de Gio nos buscaram para irmos almoçar em um restaurante de Westminster. Sem dúvida, queriam que eu conhecesse a cidade, deduzi.

Westminster é o corpo legislativo supremo do Reino Unido e dos territórios britânicos ultramarinhos – territórios protegidos pelo Reino Unido, do qual não fazem parte. É onde estão enterrados Isaac Newton e Charles Darwin. Abriga ainda a tesouraria real, responsável pelas finanças e pela economia política.

Ao admirar aquelas imponentes e antigas construções, refleti como, naquela época, tudo era mais precário, exigindo esforços sobre-humanos, embora, ainda assim, conseguissem construir monumentos lindos e suntuosos. Hoje em dia, as construções são, em sua maioria, formadas por prédios de vidros que não devem durar nem algumas décadas. É surpreendente concluir, através desse exemplo da história, que com um esforço maior podemos ter aquilo que queremos.

Depois do almoço em Westminster, Gio e eu fomos para a London Eye, a primeira roda-gigante maior do mundo até 2006, superada pouco depois pela Estrela de Nanchang, na China, inaugurada em 2008. Ficamos naquela enorme fila de espera.

– Até que não tem muita gente – comentou Gio.

Na verdade, tinha gente até demais, mas, levando em consideração que Londres é uma cidade que não para de receber turistas, não estava cheio como nos finais de semana. Alemães ou franceses vinham passear ali, só pegando um trem de ida e outro de volta; ou mesmo os japoneses, que estavam sempre atrás de atrações turísticas, e até pessoas do Oriente Médio, que vinham para fixar morada definitiva no local. Londres era enorme, mesmo não aparentando, se comparada a São Paulo.

Compramos os tíquetes e entramos na fila da atração. Eu olhava para cima e via um monstro gigantesco em forma de roda; devia dar um pouco de aflição a quem estivesse lá no topo. Chegou nossa vez, e conosco entraram um casal de velhinhos alemães, uma mãe com mais ou menos sete anos e um grupo de quatro jovens adolescentes japoneses. A roda foi subindo, subindo, subindo – parecia não ter limite! Lá no alto dava mesmo um pouco de aflição, mas eu me sentia bem segura naquela cabine, que não balançava absolutamente nada. Tive a sensação de que eu podia ver o que todos faziam na cidade; sentia-me protegida ali, perto do sol, mesmo não podendo vê-lo, e me deu uma saudade do Brasil, do calor, dos meus amigos e da família. Mas era como se eles estivessem comigo – sabe quando a presença de alguém ausente preenche o seu interior?

6

Aquela semana passou voando e não tive tempo sequer de ligar para os meus pais, comunicando-me com meus amigos pelo Facebook ou Skype. Era noite de sexta-feira, e eu fazia lição de Matemática em inglês – na verdade, quase dormindo em cima da lição, que era muito complicada de entender. O choque da novidade foi maior porque as propostas da minha escola e as da Gio eram totalmente opostas: no Brasil, eu estudava em uma escola Waldorf, que é mais alternativa e voltada para o ser humano; já a dela era a tradicional inglesa, com exames todas as sextas-feiras (um tipo de simulado). Estava exausta; o que mais precisava era de um bom banho e cama, e foi o que decidi fazer. Mas, assim que deitei, meu celular começou a tocar, e vi que era uma chamada do Danny.

– Oi, Clair. Estava dormindo?
– Não, mas quase lá.
– Ah, desculpa... É que eu queria saber se ainda tá de pé o meu convite para a gente sair...

Respondi que no sábado não poderia, mas no domingo à tarde estaria disponível, só precisando pegar autorização com meus "pais".

– Então eu te espero amanhã para confirmar, ok? Tchau, até mais. – Ele se despediu com rapidez.

Como o Danny era fofo! Tinha a forte impressão de que estava me apaixonando por ele. E por que não? Era lindo, quase todas as meninas caíam em cima dele na escola, principalmente a Dayse, que já o tinha namorado antes. Com certeza, ela não devia me achar simpática; aliás, você gostaria de alguém que tira a pessoa que ama de você, mesmo sendo um ex? Estou, com isso, tentando justificar que ela estava certa em não gostar de mim, embora o problema comigo fosse sua falsidade, como quando falava: "O Brasil deve ser tão quente e com pessoas tão simpáticas, como você." Ah, tenho dó de gente assim...

Logo adormeci... Sonhei que estava no centro de Londres com Mark. Ele parecia feliz e calmo. Ficou me encarando, enquanto eu me aproximava, até que veio ao meu encontro e sussurrou: "Não tenha medo... você está segura". Mas, em seguida, o sonho mudou, e eu estava com minha prima Carol em um parque muito bonito. Recordo-me de suas palavras, antes de ser acordada pela Gio: "Não se deixe levar fácil pelas coisas, mas vá na direção do que você realmente é".

– Clair? Já são onze horas; é melhor vir tomar café, pois já vamos sair.

Levantei-me sobressaltada e com a horrível sensação de estar sempre atrasada para TUDO. Das duas, uma: ou eu era lerda mesmo, ou eles é que eram apressados demais. Vesti-me, tomei café e fiquei pronta. Gio, como de hábito, estava pronta antes. Não sei como ela conseguia passar maquiagem e pintar as unhas em tão pouco tempo.

– Qual é o seu segredo para se arrumar tão rápido? – perguntei.

– O relógio, Clair, coisa que você não olha – ela me respondeu com bom humor.

Pegamos um táxi para ir à casa dos meninos do Flight 08.

Scott veio atender a gente à porta, e logo puxou Gio para si e lhe deu um beijo delicado na bochecha.

– Os caras estão lá no estúdio, Clair – apontou.

Gio e Scott eram considerados o casal mais fiel do Flight 08, mas no meu ponto de vista eles viviam uma relação possessiva, que os mantinha afastados do grupo quando estavam juntos. Porém, era o casal mais fofo.

Lá estavam os demais: Brian, Mark e Anthony.

– Chegou a brasileira! – falou Brian todo alegre.

Cumprimentei-os e me sentei em uma das poltronas vazias.

– O que vocês fazem nos finais de semanas? – indagou-me Brian.

– Às vezes, festa, ou ficamos em casa mofando na frente de um computador...

– Ah... aqui é que você não vai mofar! Olhe para a câmera e sorria, Clair! – Ele segurava uma câmera em uma das mãos.

– Não acredito! Você estava me filmando? – Fui na direção da câmera com uma das mãos.

– Nunca faria isso. – Brian deu uma risadinha.

– Ele te filmou desde que você entrou aqui, Clair. Não se faça de bobo; me passa a câmera aí, cara! – Mark arrancou a câmera da mão do amigo.

– Olhe isso. – Virou a câmera para que eu assistisse ao filme da minha entrada no estúdio.

– Que gracinha! – falei.

– Você fica bonita no vídeo... – Brian deu uma risadinha.

– Ei, Clair! Você pode fazer um vídeo nosso pelo parque do condomínio? – Anthony perguntou.

– Está bem, faço sim.

– Deixa eu te ensinar como se opera a câmera. – Mark me mostrou como devia fazer para parar o filme e salvar.

No parque havia árvores totalmente desfolhadas e algumas crianças brincando com os pais.

– Agora eu entendo por que vocês preferem morar em um condomínio – comentei com Mark, que estava ao meu lado, enquanto à nossa frente seguiam Brian e Anthony.

– Isso é óbvio; aqui nós temos alguma paz.

– Você não gosta das suas fãs?

– Gosto... mas às vezes tem umas loucas... Eu e os caras temos armas de *paintball* em casa, para casos de emergência.

Aquilo me fez rir. Esse Mark me divertia... Como ele podia ser dois ao mesmo tempo?

– Por que você está rindo? – ele quis saber.

– Nada... Só achei engraçado. Primeiro, falar que tinha todas as mulheres da cidade para você e, agora, que atira nelas... Só vocês, homens, para serem desse jeito.

Fiz um filme deles em que, primeiro, Mark entrevistava Brian e, depois, Anthony entrevistava Mark, e Brian entrevistava Anthony. Foi tudo uma bagunça geral, porque Brian gostava de ser o engraçadinho; Mark, o sonhador; e Anthony, o palhaço misterioso. Quiseram que eu entrevistasse Mark, e, com minha cara de pau, logo falei:

– Estamos aqui com Mark Rush, o queridíssimo da banda Flight 08. Diria que, assim como eu, todas vocês, fãs, devem ter uma superqueda pelo seu charme e alegria espontânea. E estou tendo o privilégio de conhecer esse lindo bem de perto.

Mark me olhou e riu. Em seguida, na direção da câmera, falou:

– Oi, pessoal!

– O que você acha que foi essencial para o Flight 08 ter toda essa fama?

– Hum... A barriga do Anthony... – Risos. – Acho que é porque damos qualidade para esse grupo, e tivemos sorte de conseguir, junto com a World Record, algo que sempre sonhamos: mostrar ao mundo o melhor da nossa música. Esperamos que todos gostem.

– Que significado a música traz pra você?

– Bem, a música é uma coisa que não dá para explicar... É como o amor.

– Uhu... Mark e a música – comentou Brian atrás da câmera.

– Hum... interessante. E se você parasse de trabalhar com a banda, qual seria sua outra opção de vida?

– Escrever letras de músicas para outras bandas.

– Bom, muito bom... Terminamos mais uma entrevista com nosso querido Mark Rush. Tchau!

Saí do campo de visão da câmera e Mark me olhou com um ar tipo: *É só isso?* Brian virou a câmera de novo para mim e falou:

– E essa é a brasileira, nossa repórter de hoje!

– Ai, Brian, como você é BESTA! – Sentei perto do tronco da árvore sob a qual estávamos.

Anthony sentou-se ao meu lado e me ofereceu um cigarro.

– Não, obrigada, estou em greve contra fumaça – retruquei.

– Clair, fala de uma vez que você não fuma, pô! – Tinha de ser o Brian para falar aquilo. – Tô brincando... Você nunca fumou?

– Bem... Quando fui experimentar pela primeira vez, meu pai me flagrou com minhas amigas, e não foi nada legal. Desde então, fiquei de greve – menti, porque nunca fumei mesmo, só queria parecer a tal.

– Você está certa – Mark se deitou no meu colo. – Te incomodo?

– Não... Pode ficar.

Ele queria saber como era o Brasil, e fiquei mais ou menos uma hora tentando explicar, até que me saí com um:

– Ah, desculpe, meu inglês é péssimo.

– Nossa, Clair, seu inglês é bom; eu, pelo menos, entendo tudo – disse Anthony, seguido por Mark, que comentou:

– Eu também acho. Se estivesse no Brasil, não falaria nada.

– Ensina aí algumas palavras, Clair – pediu Brian.

Ensinei o básico para eles, que não paravam de dar risada. Logo quiseram saber alguns palavrões, e eu ensinei também. Anthony me perguntou qual era a diferença entre ingleses e brasileiros.

– O brasileiro nunca está preocupado com a hora, e para tudo sempre dá um jeitinho. A comida, o jeito de se vestir, praticamente tudo é diferente – respondi.

Mark perguntou se eu ainda mantinha contato com minhas amigas desde que havia chegado à Inglaterra.

– Lógico. E, quando elas ficaram sabendo que eu ia conhecer vocês pessoalmente, ficaram doidas.

– Quero conhecer as suas amigas; elas devem ser como você – comentou Brian.

– Me deu uma fome! Vamos pedir uma pizza do Plaza? – Anthony se espreguiçou e grudou as mãos na barriga.

– Olha aí, deve estar nas ligações feitas. – Mark jogou seu iPhone no colo de Anthony.

Mexi em uma das mechas do cabelo de Mark, que era macio e devia cheirar bem. Está certo que os ingleses não tomam banho com frequência, mas com certeza devia ter tomado no dia anterior, ou um dia antes do anterior. No entanto, fiquei com vergonha de perguntar.

Nisso, três garotos se aproximaram, vindos do outro lado do parque em nossa direção.

– Ei, caras! – Brian acenou, indo ao encontro deles.
– Quem são? – perguntei.
– São uns amigos nossos daqui do condomínio. Aquele ali de capuz é o primo do James e a minha ex-namorada, Samia – respondeu Anthony.

Senti que havia uma certa tensão na voz dele ao mencionar o nome da ex. Fiquei imaginando se havia acontecido algo entre a Samia e o Mark, para eles terminarem. Anthony se levantou e murmurou que ia buscar a pizza. Quando já estava longe, perguntei:

– Você ficou com ela, né? – indaguei ao Mark.
– Bem... Ela enganou nós dois – Mark murmurou.

Ficamos em silêncio. Lembrei-me do que ele me falara na "entrevista" sobre a importância da música na vida dele.

– Mark, é verdade que você viveria pela música?
– Sem dúvida... O fato de eu ter fama e dinheiro hoje é algo até inexplicável... Foi uma coisa meio do nada...
– Eu sei. Li uma entrevista sua na revista da MTV. Eu gosto muito do trabalho de vocês. Sou suspeita de ser uma daquelas fãs loucas?
– Um pouco... – Mark riu. – Mas gosto de fãs como você, que curtem nossas músicas.
– Eu não tenho nada assim de tão especial. Sou como as outras. – No fundo, eu queria mesmo ser diferente, principalmente para ele.
– Mas é isso que te faz diferente: sua sinceridade. – Ele riu. – Não precisa ficar sem jeito.

Retribuí a risada dele com outra, mais tímida. Era muito bom ficar conversando com o Mark. Em tão pouco tempo, já parecíamos amigos de infância. Como naquele parque, em que ele permaneceu deitado no meu colo, e eu, encostada na árvore.

– Ei, gente! Vamos fazer um *pit stop*! – berrou Anthony, levantando a pizza que acabava de trazer.

Voltamos com a pizza para casa, onde encontramos Scott e Gio abraçados, assistindo TV. Todos comeram, incluindo a tal ex do Anthony e os dois amigos de Brian: Michael (primo do James) e Andrew, bastante simpáticos.

Logo após o almoço, o Flight 08 resolveu fazer um showzinho especial para nós. Gio, a ex do Anthony, Samia e eu ficamos animadas dançando e cantando, contagiando até os meninos (Andrew e Michael), que se juntaram a nós. Mark era tão mais bonito cantando pessoalmente do que nos vídeos do Youtube! Ele cantava sem desviar o olhar de mim – devia ser apenas impressão.

Depois de passar o dia inteiro com eles, Scott deu uma carona para mim e Gio até em casa. Não consegui parar de me lembrar de Mark cantando as músicas com ternura. Depois de todos saírem, só ficamos eu e ele no estúdio. Comentei que ele parecia outra pessoa quando cantava, mais calmo e até mesmo apaixonado. Segurando a minha mão, ele a levou ao coração dele e disse:

– Já te falei, Clair, eu sou apaixonado por ela.

Eu, assustada, perguntei por quem. Mark riu e respondeu:

– Pela música... Achou que era por você?

Fiquei vermelha e sem graça, e tive de inventar uma desculpa, que foi mais um motivo para ficar perto dele:

– Ah! Sei que não estava falando de mim. Só queria saber se você me ensinaria a tocar alguma coisa no violão ou na guitarra.

Ele logo topou e falou para eu aparecer nas terças e quintas à tarde, depois da aula. Aceitei de imediato, sem nem pensar se podia realmente, mas isso não seria nenhum problema, segundo Gio.

Ao chegar em casa, liguei para o Danny, pois tinha falado que confirmaria de sairmos no dia seguinte. Perguntei, antes, à mãe de Gio, se tudo bem eu sair com um amigo da escola no domingo e ter "aulas" de violão com o Mark. Diante de sua resposta positiva, conforme Gio já tinha previsto, senti que os meus desejos estavam realizados.

7

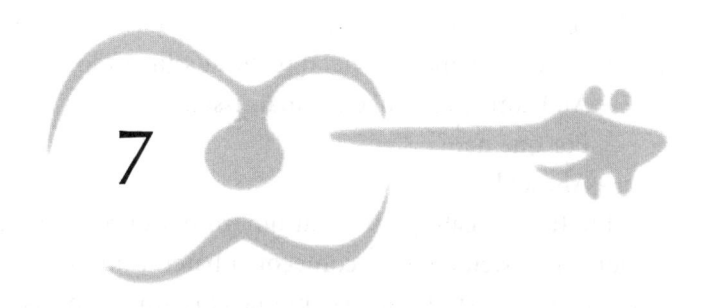

No DOMINGO à tarde, Danny me pegou em casa com o carro emprestado do pai e fomos ao Curzon, em Chelsea, um cinema antigo que passa filmes diferentes do circuito convencional, mais culturais. Assistimos *The Class*. É um filme baseado no *best-seller* do ex-professor François Begeaudeau, que revela os problemas dentro da sala de aula em uma escola francesa, quando os métodos pedagógicos são questionados por seus alunos. Eu achei o filme ótimo, mas fiquei me perguntando se Danny era, realmente, o tipo de cara interessado em cultura e que fingia para os amigos ser o oposto. Mas, depois, concluí que ele gostava mesmo desse estilo de filme, porque, volta e meia, vinha me contar de algum que tinha assistido no final de semana e sempre com uns nomes diferentes.

Quando as luzes do cinema diminuíram e o filme começou, Danny parecia muito interessado na projeção, até apoiar a cabeça no meu ombro. Virei-me, assustada, e nossos lábios quase se tocaram, mas desviei o rosto, sussurrando:

– Ai, Danny, vê se não faz mais isso...

– Por que não?

– Ah, sei lá...

Ele tirou a cabeça do meu ombro e segurou minha mão na poltrona. Meu coração começou a bater a mil, mas ficamos assim até o final do filme. Assim que chegamos em casa, ainda dentro do carro, dei um beijo na bochecha de Danny, mas ele virou o rosto e me beijou na boca. Foi um beijo diferente de todos que eu já havia dado, mas foi bom; aliás, muito bom. Eu não estava mais nesse mundo, sentia-me distante, leve, como se estivesse me apaixonando pela "primeira vez" (o que não era verdade). Permanecemos ainda muito tempo no carro para nos despedir, beijando-nos, até que olhei para trás e vi a porta da frente da casa se abrindo, por onde saíram Scott e Mark. Eu não sabia onde esconder minha cara quando Mark veio até a janela, ao lado de Danny.

– Onde vocês estavam? – ele perguntou, sério.

– Fomos ver *The Class* – respondi antes de Danny.

– E é bom?

– É...

Olhei para o Danny, que deu uma risadinha para Mark, sussurrando alguma coisa com ele. Aquilo não era nada bom; era estranho ver Mark conversando com o primo comigo do lado. Quando os meninos já pareciam estar longe, falei para Danny:

– Preciso ir.

Mas ele me segurou e falou no meu ouvido:

– Fica mais um pouco... – e começou a beijar meu pescoço. Fechei os olhos. Em questão de segundos, o carro de Scott apareceu ao lado da minha janela. Enquanto Scott ria, Mark gritou:

– Juízo vocês dois, hein! Estou de olho em você, moleque!

Quando entrei em casa, Gio estava no banho. Fui assistir à novela das sete, *Eastenders*, até que ela surgiu na porta da sala de TV com o cabelo castanho todo molhado, a curiosidade estampada no rosto e a inevitável pergunta:

– Como foi com o Danny?

Eu sorri, toda boba. A gente fica tão boba em relação ao amor!

– Nós ficamos, Gio. Foi perfeito!

– Sabia! Ah, você merece, Clair. Agora você esquece o Caio.

– Já esqueci. – Dei risada à menção daquele nome. Nem me lembrava de menino nenhum do Brasil. – Nem se compara!

Caio era um menino da minha classe por quem fui apaixonada por muito tempo, mas sem nunca ter tido a menor chance com ele. O fato de Caio nunca ter gostado de verdade de mim ficou como uma ferida no meu coração. Hoje, estou curada por completo, principalmente ao perceber como era insegura sobre os meus valores. Afinal, aprendi que não posso ser amada por ninguém se não me amar em primeiro lugar.

Naquele momento, depois de uma tarde no cinema, eu estava nas nuvens, me sentindo a pessoa mais feliz do mundo. Entretanto, mesmo quando nos apaixonamos, devemos curtir as sensações boas proporcionadas, mas sem nos esquecer de que são transitórias, porque podem sofrer transformações, ou até acabar: nada é para sempre, como nos filmes. Porém, mesmo em momentos difíceis, devemos ter a capacidade de enxergar a vida de um jeito mais amplo.

8

Na terça-feira seguinte, Danny avisou que daria uma festa no sábado com a presença do Flight 08. Embora ele tivesse chamado somente os amigos mais próximos, parecia estar presente a escola inteira.

Eu estava na aula de P. E. (Educação Física), só para meninas. Era a primeira vez que jogava hóquei na minha vida: achei tão divertido quanto violento. Durante esses jogos, conheci Paloma, Callie e Vicky, que, embora fossem da mesma sala, não conviviam muito umas com as outras.

Callie era da Índia, mas já vivia há dez anos na Inglaterra. Tímida ao extremo, não costumava falar com muita gente, mas de cara me identifiquei tanto com o seu jeito, que ficamos muito amigas. Isso aconteceu por causa das aulas de Educação Física, que tínhamos duas vezes por semana. Vicky, loira de olhos verdes e com jeito total de inglesa, era a única amiga de Callie. Ao contrário desta, entretanto, Vicky não era tímida e sempre falava o que pensava. Sua compaixão pelos outros a levava a fazer um trabalho social com crianças carentes; em contrapartida, tinha um lado de competitividade muito grande. Já a Paloma era a minha "amiga de festa", era a mais extrovertida e desbocada. Vivia tanto na superfície, que não se aprofundava em nada, mas eu adorava jogar conversa fora com ela. Elas foram minhas amigas mais queridas e especiais, e ainda por cima consegui, sem querer, fazer com que se conhecessem melhor: hoje, Callie é também amiga de Paloma.

– Qual é seu nome mesmo? – Paloma veio me perguntar quando separavam os grupos para a partida de hóquei.

– Clarisse, mas pode me chamar de Clair. E você?

– Eu sou Paloma. Olha, a Vicky também é do nosso time!

Todas foram para os respectivos times. A professora McCabe apitou o primeiro jogo, enquanto meu time permaneceu sentado, esperando a vez de jogar. Gio estava no time adversário, por isso fiquei conversando com Paloma e Vicky. Quando entramos em campo, a professora apitou o início da partida. Consegui fazer dois pontos e uma outra menina, um. No final do jogo, as meninas do meu time comemoraram comigo:

– Uhu! Nós ganhamos!

Ao voltar para a arquibancada, Vicky e Paloma me elogiaram e perguntaram se eu já tinha jogado hóquei antes, ao que neguei. Enquanto conversávamos, meu iPhone vibrou e li no visor uma mensagem anônima no Whatsapp: *Vem aqui no refeitório, gata.* Era Danny, com certeza. Apesar de adorar aula de Educação Física, dar uma escapada com Danny seria uma experiência excitante.

– Preciso ir ao banheiro. Tenho que avisar a professora, né?

– É melhor. A última vez que saí sem avisar levei uma advertência – lembrou Paloma.

Depois de avisar a professora, dirigi-me ao prédio, que ficava um pouco longe do campo, mas, assim que avancei para o corredor do refeitório, um braço me puxou contra a parede. No susto, dei um tapa no Danny, sem querer.

– Ei, sou eu! – protestou ele.

– Que susto, seu bobo!

– Eu adoro dar sustos! – Danny deu risada e passou um braço em volta de minha cintura, me puxando para bem perto dele.

– O que você queria? – perguntei.

– Te ver. Você estava na aula de Educação Física?

– Sim.

– E eu fugi da merda de Física!

– Não fala assim! Eu adoro a aula do professor Fedback.

– Ele adorou é ter uma aluna que presta atenção na aula dele. Mas vamos parar de falar de professores, porque não foi para isso que quis te ver.

– Lógico, senhor Esperto! – Dei uma risada, pois a cara dele de "cala boca e me beija logo" estava muito bizarra.

Enquanto nos beijávamos, perdemos a noção de onde estávamos, até que escutamos um pigarreio atrás de Danny. Dei um pulo de susto ao ver a sra. Lewis, a professora de Literatura, que era antiga na escola e, talvez, a mais conservadora de todos os professores. Suas aulas eram entediantes e cansativas.

– O que está fazendo fora de sua sala, Rush?

Ele pôs as duas mãos na cabeça e olhou para a professora, deixando à mostra as calças baixas e a tatuagem no tanquinho definido.

– Estou em tempo livre agora, sra. Lewis – mentiu.

– Trate de se comportar, Rush – disse sra. Lewis, olhando com reprovação suas calças baixas. Danny puxou as calças um pouco para cima. – E a senhorita? – Ela se virou para mim com um ar de repreensão.

– Ela não tem nada a ver com o que aconteceu, senhora Lewis – respondeu Danny.

– Vocês dois, podem me acompanhar.

Quando entramos na sala da diretora, a sra. McLachlan, passou pela minha cabeça que eu voltaria para casa no dia seguinte, pois sabia que qualquer coisa que fizesse fora das regras seria considerado inapropriado.

– Encontrei esses dois fora da sala de aula e aos beijos em pleno corredor, professora – anunciou a sra. Lewis em tom triunfante.

– Obrigada, Lewis. Pode ir agora que eu cuido disso.

A sra. Lewis fechou a porta atrás de nós. McLachlan ficou ocupada procurando algo em uns papéis, enquanto olhava para nós através dos óculos fundo de garrafa. Era uma senhora acima de seus sessenta anos, usava um xale verde-esmeralda e os cabelos castanhos em um coque bem firme.

– Aqui está – começou a falar, olhando para o papel. – Você é a intercambista do ano onze, número três: Clarisse Agneli. Vejo que está aqui há pouco tempo, na casa de Giovanna Watson. Bom, acho que já deve saber de nossas regras, não?

– Sim, senhora – engoli em seco.

– Bem, como esta é a primeira vez que vem para a diretoria, eu lhe darei uma chance para se adaptar às regras. Por isso, nada de namorar dentro do prédio escolar. Se for pega de novo com Rush, vamos ter uma conversa séria com seus pais.

– Sim, senhora – suspirei, aliviada.

– E quanto a você, Rush... Estamos bem encrencados, hein? Vejo que não adianta conversar com seus pais... Por isso, eu lhe darei três semanas de tarefas extras e chamarei de novo seus pais, mas desta vez quero que participe de nossa reunião. Bem, acho que é isso.

Ao sairmos da diretoria, a secretária e sra. Lewis estavam conversando. A sra. Lewis me conduziu para a aula de Biologia, que tinha começado há alguns minutos, e Danny teve de seguir para sua aula, uma vez que não éramos da mesma classe. O professor Beltran abriu a porta para mim. Fui para meu lugar ao lado de Gio. Todos olharam para mim com cara de curiosidade.

– Onde você estava? – Gio perguntou baixinho.

– Depois te conto.

Percebi que, sentada na mesa ao lado, Dayse tentava entender o que falávamos em português. Garota insuportável!

Naquele dia, na hora da saída das aulas, chegou aos meus ouvidos que *Danny e a brasileira estão ficando* – a *brasileira*, no caso, era eu. A história que foi contada era bem distorcida: Danny estava carente e precisando de alguém, e resolvera pegar a primeira que passasse pelo corredor. Fofoca voa rápido e sempre com coisa inventada, aumentada ou mal interpretada. Eu só tinha contado para Gio, mas ela não sairia distribuindo a informação por aí. Com certeza, havia sido alguém que não ia com a minha cara, tipo a Dayse. Fiquei triste e chateada, mas não tive coragem de falar para ninguém. O que eu mais escutei foi:

– Vocês fazem um lindo casal!

– Vocês estão realmente juntos?

– Sabia que ele é o primo do Mark Rush, do Flight 08?

Todas as meninas estavam com uma inveja tão transparente, que seus olhos não disfarçavam. Não havia sido para mim um dia bom, e sim muito estressante e cansativo, e tudo o que respondia era:

– Não aconteceu nada desse jeito.

Mas o que eu queria ter respondido era: *Vão se foder! Por que não cuidam da vida de vocês?* Dayse me olhava com uma cara de bunda, mas não veio falar nada. Pelo menos, não para mim.

Logo depois da aula, fui de ônibus para Friern Barnet ter as tais aulas de violão ou guitarra. O tempo estava nublado, o que já não era novidade, e isso me deixava mais deprimida. Naquele momento, tudo parecia errado e difícil. Para piorar o meu estado de ânimo, antes de sair da escola, ao passar por Danny, eu o vi rindo com uns amigos logo após me cumprimentar, o que me deixou meio desconfiada dele. Quando cheguei ao Condomínio de Mark, fiquei um tempão aguardando até que alguém atendesse o interfone da casa. Na frente da casa, vi Mark dando uns amassos em uma ruiva alta e magra. Pigarreei bem alto, para que percebessem minha presença. Mark tirou os olhos da ruiva e me olhou meio sem graça.

– Ah... Oi, Clair.

A ruiva se despediu e passou esbarrando em mim com um olhar fulminante, tipo *já vi que fui trocada por você*.

– Posso entrar? – indaguei.

Mark me cumprimentou meio sem graça depois do flagra, como se não quisesse que eu o visse com outras garotas, o que para mim era estranho.

– Quer alguma coisa para beber?

– Não, obrigada.

Mark e eu andamos em silêncio até o estúdio vazio.

– Onde estão os outros? – perguntei.

– Por aí: Anthony está na casa de David; Brian, na gravadora; e Scott, na loja de instrumentos.

Mark me deu um violão e foi pegar outro. Sentei-me em um dos bancos e observei enquanto ele se acomodava em outro, ao meu lado. Ensinou-me alguns acordes, que fui repetindo. Peguei rápido os movimentos, até ficarmos algumas horas ali, compenetrados. Parecia realmente um adulto, tão maduro e sério naquele momento.

Quando Mark tocava e cantava uma de suas músicas favoritas ao violão, *I Want to Hold your Hand*, dos Beatles, Scott apareceu no estúdio.

– Oi, Clair. Está conseguindo tocar? O Mark é muito sacana para ensinar.

Mark olhou com ar de bravo para mim e para Scott, e depois caímos na risada.

– Com esse cara aí, não sei não. Se eu fosse você, parava de aprender no mesmo momento, Clair. Estou brincando... Ele toca muito. – Scott se desculpou pela mentira sobre o amigo e sumiu em seguida.

– Bom, terminamos por hoje, Clair. – Mark tirou o violão de minha mão. – E como estão você e meu primo?

– Muito bem...

Ele falou baixo algo que eu não entendi.

– Como?

– Nada... Só pensei alto.

Ao me despedir de Mark, ele ainda parecia bem sem graça pelo flagra que dei nele e na ruiva.

9

A SEMANA PASSOU bem rápido, embora não pudesse falar o mesmo com relação às aulas. Nesse meio-tempo, fui fazer outra aula com Mark. Até que eu estava me saindo bem no violão e ele me elogiou, falando que eu tinha muita facilidade.

– Como você consegue pegar os acordes assim, tão fácil? – quis saber.

– É o segredo de quem estuda em escola Waldorf – brinquei com um ar misterioso.

Mark ficou curioso em saber o que era uma escola Waldorf, a respeito da qual Gio e Scott não paravam de comentar, mas não tinham conseguido explicar para os outros, a não ser que era uma escola "alternativa".

– Minha escola tem um método mais voltado para o ser humano, sem se preocupar apenas com o conteúdo das disciplinas, que acaba com a conclusão dos estudos. Seus ensinamentos são para a vida toda. Temos muitas aulas de arte, música, coral, marcenaria, mecânica, trabalhos manuais, além de todas as demais matérias que as outras escolas têm.

– Mas como é isso? Todo mundo é obrigado a fazer todas essas aulas?

– Sim. E eu estou na mesma classe que os meus amigos desde os meus sete anos de idade, o que representa onze anos juntos!

– Caraca, velho! Quanto tempo! Mas achei legal que vocês têm música desde cedo. E você leva muito jeito, sabia?

Mark ficou impressionado com minha escola e quis que eu lhe mostrasse alguns vídeos e fotos. Seus olhos brilhavam de entusiasmo e interesse. Pensei, divertida: *quem diria que o malandro e garanhão do Mark Rush iria se encantar com uma simples escola, só por causa das aulas de música?*

No sábado, fui à casa de Katy junto com as meninas. Dayse e Jane não pareceram apreciar muito a minha presença, e isso me incomodou bastante, porque não me sentia à vontade. Dayse ainda comentou com Jane que o meu vestido era muito curto e eu estava ridícula. Fiquei triste ao ouvir isso. Foi horrível, pois ao me sentir criticada começava a chorar de raiva – em vez de discutir ou tirar satisfação –, guardando minha frustração toda para mim. Hoje isso mudou, de tanto que fui criticada por fãs do Flight 08 e pelas pessoas do meu dia a dia, ou mesmo pelos meus pais, o que, aliás, é normal: todos, em algum momento, são alvo de críticas.

Mas, naquele instante, longe de casa, sentia-me a pior pessoa do mundo tendo de me confrontar com o meu problema, que até então escondia de mim mesma. Se algum professor ou uma amiga minha me criticavam na escola, eu faltava no dia seguinte; se era criticada pelos meus pais, ficava sem vontade de fazer nada. Cheguei a entrar nessa de depressão, mas saí fora porque vi que nada iria me tirar disso se não fosse minha própria vontade. E, naquela hora, eu senti um desespero pela crítica feita por aquelas duas. Corri para o banheiro, chorei um pouco – mais de raiva do que qualquer outra coisa –, até aparecer Gio, que discordou de mim:

– A Dayse está é com inveja. Você não tem que ligar para ela ou suas atitudes infantis. Você está linda e *sexy*, Clair!

Sem dúvida, inveja é um sentimento muito infantil; parece até egoísmo: o invejoso não vê as próprias qualidades e sofre frequentemente com a felicidade alheia, em vez de se divertir e aproveitar as coisas boas da vida. Embora eu estivesse muito ligada ao que os outros estavam pensando, ainda assim fui à festa, por causa do Flight 08 e do Danny.

A casa de Danny ficava em Holland Park, bem perto da escola. Não sendo muito grande, nem sei como couberam umas cinquenta pessoas lá dentro. Na festa, minha tristeza e raiva passaram quando eu encontrei Danny: ele estava lindo e *sexy*. Encontrei Mark, Scott, Anthony e Brian, que iriam tocar algumas músicas para animar mais ainda a festa, além do que já estava. A simples presença deles me fazia muito bem. Havia dezenas de meninas em volta deles, cada uma tentando se mostrar do seu jeito.

Eu não permaneci tanto tempo na festa, porque fui com Danny para o quarto dele. Antes que você pense mal de mim, quero esclarecer que não pretendia deixar rolar nada de mais. Não imaginava que iria acontecer o que eu NÃO queria naquele momento, pois sabia que me arrependeria depois. Danny estava no seu limite normal, até colocar a mão por baixo do meu vestido e tentar tirá-lo. Retirei a mão dele, mas as coisas começaram a esquentar e o meu corpo parecia querer aquilo. Levada por um desejo irresistível, acabei me deixando levar pela sensação. Danny tirou o moletom, a camiseta... Quando percebi, estávamos quase sem roupa: eu de calcinha e sutiã e ele de cueca.

Danny beijava o meu pescoço enquanto dizia que iria pegar a camisinha. À menção daquela palavra, me levantei logo assustada e disse, afobada:

– Danny... acho que não estou preparada...

Ele me olhou com um olhar penetrante e assustado:

– Se você não quer... por mim tudo bem...– falou num tom de voz contrariado.

Voltamos para a festa. A maioria das pessoas já tinha ido embora, e o Flight 08 estava guardando os instrumentos. Puxa, eu nem ouvira o show; nem imaginei que ficaria tanto tempo com o Danny. Mas a festa havia acabado muito cedo, às dez da noite, horário em que as festas começam no Brasil.

Mas todos da turma (eu, Danny, Gio, Katy, Mark, Scott, Brian, Anthony e James – do ex-Crush –, que estava acompanhado pela namorada, Ashley, muito engraçada e de bom humor) ficaram conversando até perto das duas horas da manhã. Colocamos uma música em volume baixo, Danny pegou a última garrafa de Red Label da festa e brindamos a várias coisas, até bebermos tudo. Fiquei tonta só com dois copos, e as outras meninas também; já os meninos seguram mais a onda... como pode? Fiquei deitada no colo do Danny, falando com todos e rindo das bobagens deles e das minhas também.

– O que o *barman* disse quando viu um cavalo entrar no bar? – Anthony adorava fazer piadas.

Quando todos se viraram para ele, Mark imitou um cavalo falando com o *barman*. Todos caíram na risada, e Anthony protestou:

– Porra! Eu nem terminei a piada!

Mesmo diante dos pedidos para que continuasse a contá-la, Tony desistiu.

No meio dessa bagunça, comecei a ouvir tudo bem distante e adormeci com a cabeça apoiada no colo de Danny. Acordei assustada com a risada dele, levando um susto tão grande, que dei um pulo e fiquei em pé. Todo mundo caiu na risada.

– Você tem problema? – Acordei de mau humor.

– Você é que tem; não sou eu quem levanta como um sonâmbulo.

– Ah, vá, Daniel! – Fui para a cozinha pegar alguma coisa para beber, enquanto todos riam de Danny.

– Sua risada assusta qualquer uma!

– É de família! – retrucou ele.

– Coitada da Clair!

Danny foi atrás de mim na cozinha, onde eu estava no meu quinto copo de água.

– Desculpa, gata.

– Tudo bem... Acontece.

Coloquei os meus braços no seu pescoço, e ele na minha cintura, e nos beijamos. Ainda estava um pouco tonta e, não fosse o armário atrás de mim, no qual me apoiei, teria caído.

– Mas o que é isso? – ouvimos atrás de nós. Ao nos virar, estavam todos nos espiando na cozinha.

– Juízo! – brincou Mark.

– Como vocês são curiosos. – Senti meu rosto queimar, envergonhada de todo mundo ter visto eu e Danny nos beijando, principalmente o Mark.

Quando a festa acabou, Danny ficou arrumando a casa com Gio e Katy. Seus pais, que tinham ido para a Escócia visitar a avó de Danny e Mark, não sabiam, nem deveriam desconfiar, da festa que havia acontecido naquela casa. Mark dormiria na casa de Danny, junto com os meninos.

– Ei, Clair! Gostou da festa? – Mark me perguntou quando estava indo embora.

– Sim. – Tentei demonstrar indiferença, enquanto lembrava da minha cena com Danny na cama dele.

— Esse *sim* não me convenceu... Que foi aquilo na cozinha?
— Coisas que acontecem... Você, por acaso, não ficou com alguém?
— Hum... sim — admitiu.
— Eu conheço? — Tentei demonstrar pouco-caso.
— Acho que não; eram amigas do Brian — Mark não parecia querer falar muito no assunto. — E eu queria te falar que, daqui a dois meses, vamos iniciar nosso *tour* pela Inglaterra, Escócia e Irlanda, e, em seguida, pela Alemanha e Espanha.
— Que demais, Mark! Estou muito feliz por vocês!

Eu percebia vagamente que Mark não gostava muito de me falar sobre suas ficadas; parecia constrangido, mas eu não entendia o porquê.

Danny levou a mim, Gio e Katy para casa. Elas entraram antes (Katy iria dormir lá), e eu e Danny ficamos conversando. O ruim era que ele estava meio de fogo, com cheiro de uísque e cigarro, mas consciente.

— Desculpe, Clair, por hoje...
— Tudo bem, Danny. Acontece... — Sentia as minhas bochechas quentes inchando de tão vermelhas.
— A gente pode tentar de novo. Quando você, bem... estiver pronta.

Despedimo-nos com um beijo, e fui logo para a cama. Estava exausta naquela noite.

10

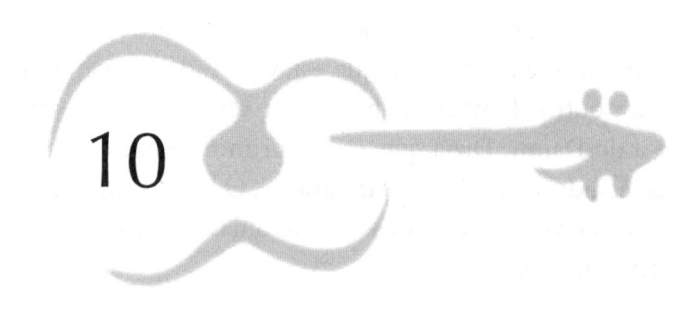

Nas duas semanas que se seguiram, meu inglês já estava bem mais fluente do que no início. Entretanto, na escola, eu ainda não tinha feito nenhuma amizade, ficando muito com Gio e as amigas dela. Mas com o tempo me aproximei mais de Paloma, Vicky, Callie, Max, Andrew, Tomy e Bradley. Isso aconteceu por causa de Danny, que andava muito com eles. Tive até que ouvir a Gio reclamar que eu a tinha abandonado para ficar com aquele "pessoalzinho". Se há uma coisa que não suporto é gente ciumenta – amigos ou namorado –; não leva a lugar nenhum e só traz brigas e desentendimentos, ou até pior: pode acabar com uma relação. Ciúme é sempre muito associado à possessividade, algo com que é preciso ter muito cuidado.

Meu relacionamento com Danny estava mais sério, um "verdadeiro amor"... Mas eu continuava com as aulas de violão com Mark todas as terças e quintas. Nesses momentos, ficávamos muito próximos, como amigos. Mas Mark gostava também de me irritar, como quando tirava um acorde e, assim que eu o imitava, ele retrucava que estava errado, mudando o acorde para outro. Também queria saber sempre sobre a minha vida e a do Danny. Dizia que, se seu primo me fizesse alguma coisa de errado, eu podia contar para ele. O interessante é que Danny nunca teve nada contra as nossas aulas de música, porque confiava em Mark.

Era um sábado de primavera, que já começava a se mostrar nas árvores e plantas, mas, nesse dia, não iríamos cedo à casa do Flight 08. Estavam ensaiando sem parar para a próxima turnê que se aproximava e nos avisariam quando terminassem.

Gio e eu decidimos passar o dia fazendo compras na Oxford Street e na Regent Street. Nessas ruas estão as melhores lojas da cidade, sofisticadas e chiques. Havia milhares de turistas andando com sacolas enormes; eu mesma comprei luvas novas e uma boina branca linda. Almoçamos no McDonald's e fomos até a Cavendish Square, onde estava tendo um desfile de adolescentes. As roupas eram caríssimas. Aliás, confesso que, se voltasse ao passado, nunca teria comprado aquele casaco da Diesel, caro pra burro.

Hoje em dia, muitos adolescentes acham que a felicidade está no consumo e, naquele momento, eu realmente estava feliz em comprar aquela peça, mas foi só por um instante. Depois se tornou como qualquer outra que eu tenho.

Fomos também ver o museu de cera, o Madame Toussaud, superconhecido por seus famosos bonecos de cera que parecem reais: Brad Pitt, Beatles, Dalai Lama, Charles Darwin, Angelina Jolie, Fergie, Britney Spears, entre muitos outros – um museu feito para matar sua vontade de ter uma foto com aquele ator gato famoso ou aquela atriz linda, ou sua banda favorita, enfim, uma coisa para agradar o ego. O lugar estava cheio, mas mesmo assim eu e Gio nos divertimos muito, tirando fotos e beijando o boneco do Brad Pitt.

Eram umas seis horas da tarde quando o celular da Gio tocou. Scott estava pedindo para irmos a Friern Barnet, para fazer uma sessão de filme no sofá. Como Gio sabia que seus pais não iriam nos deixar ir a essa hora para lá, pegamos um táxi, sem avisá-los, e fomos mesmo assim.

A cena era a seguinte ao chegarmos: a casa estava uma bagunça; jornal no sofá; copos sujos na mesa; Brian jogado no sofá com Anthony sentado em cima, "quebrando" suas costas; Mark na cozinha fazendo um lanchinho da tarde; e Scott no *laptop* escutando Oasis.

– Qual filme vocês querem assistir: *300* ou *O ultimato Bourne*? – perguntou.

– *300* – falei, embora não estivesse com vontade de assistir a nenhum em especial. – Tem o Rodrigo Santoro, que é um ator brasileiro muito lindo.

– E o Gerard Butler – completou Gio.

Todos nós nos espremenos no sofá de três lugares: Gio sentada no colo de Scott, Mark ao meu lado e Anthony do outro; no chão, Brian esticado no tapete. O filme estava um saco, e eu não conseguia parar de fazer comentários sobre ele.

– Cala a boca, Clair! – falou Mark.

Fui para a cozinha e Mark veio atrás.

– Ficou brava comigo? – quis saber.

– Não. Por que ficaria? Só não estou a fim de assistir a esse filme.

– Bem, digamos que você fala muito.

Peguei um copo no armário e, ao me virar, Mark estava muito perto de mim. Levei um susto, derrubando o copo no chão.

– Ai, droga – falei. – Desculpa, Mark...

– Tudo bem, Clair. Relaxa, eu posso limpar.
– Está tudo bem aí? – perguntou Anthony da sala.
– Sim – respondeu Mark, enquanto limpava a sujeira.

Quando ia voltar para a sala, ele me puxou pelo braço e me abraçou, sussurrando no meu ouvido:

– Posso?

Fiquei sem ação na hora que Mark se aproximou do meu rosto e me beijou. Senti um cheiro que era mescla de creme pós-barba com algum perfume bom para homens. Eu me derretia toda; não queria mais sair dali. Quando nos afastamos, desviei o olhar, com vergonha de encará-lo. Preferi abraçá-lo, e falei:

– Não dá...

– É, eu sei. Mas você deixou.

– Como assim? Lógico que não...– protestei. – Eu nem sabia que você ia me beijar assim, de surpresa!

Mark ficou quieto, sem jeito, as mãos nos dois bolsos da calça, enquanto resmungava alguma coisa baixinho. Voltei para a sala, onde os outros já assistiam a outro filme amador, no qual tinham participação. Riam e faziam comentários.

Fiquei observando pelo canto do olho quando Mark saiu da cozinha. Depois daquele beijo entre nós, ficou um clima tenso no ar.

11

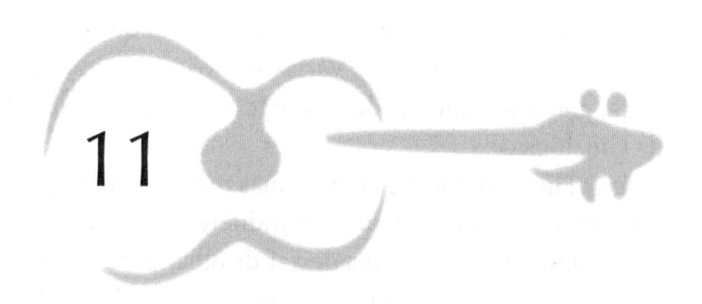

A SEMANA SEGUINTE foi puxada na escola. Começaram os exames do semestre e, mesmo eu sendo uma intercambista, queria me esforçar para ir bem, mas não conseguia me concentrar: tudo o que eu via era Mark. Danny perguntou por que eu estava tão quieta naqueles dias. Ele achava que eu estava triste ou com saudades de casa, com o que acabei concordando, lógico; não tinha a mínima vontade de lhe contar o que havia acontecido no sábado. Por outro lado, estava com um enorme peso na minha consciência. Somente Gio sabia, mas me disse para eu ficar fria, que Danny não precisava saber de nada. Mal sabia ela que eu estava apaixonada pelo Mark e não pelo Danny.

Depois desse dia, o Flight 08 iniciaria sua turnê pela Inglaterra e por alguns países da Europa. O primeiro show foi numa sexta-feira à noite, em Londres, no estádio do time de futebol do Arsenal, o O2 Arena.

Eu, Gio, Dayse e Jane fomos logo depois da escola para o estádio, onde o Flight 08 já ensaiava no palco. Havia uma pista enorme e centenas de arquibancadas, sendo que o palco estava encaixado em uma delas. Várias pessoas se aglomeravam em volta, como produtores de som e funcionários, incluindo o pai da Gio, lógico.

O Flight 08 tocava uma de suas músicas quando nos aproximamos, e não consegui ficar indiferente a Mark, que estava muito lindo; não conseguia deixar de olhar para ele. Mas na minha cabeça eu me contradizia pensando que ele estava ridículo e mais um monte de bobagens (como nós, meninas, gostamos de nos fazer de difíceis! Devo admitir a você que era assim que estava me portando e continuo assim, até hoje, viu?).

Quando terminaram e se dirigiram ao camarim, Gio foi correndo para os braços de Scott, enquanto Brian e Mark vieram nos cumprimentar. Esse último me pareceu muito sério naquele dia – por causa do show, com certeza. Falei com ele de uma forma indiferente; não queria mostrar que estava meio irritada. Fomos até o camarim, onde se encontravam alguns cabeleireiros e massagistas. Mark falou que precisava sair para fumar. Eu o segui até a parte externa do estádio, junto ao estacionamento, onde se encontravam a Van da banda e vários carros do pessoal da produtora, além de umas caçambas.

– Oi, Clair. Não sabia que você viria – disse Mark, enquanto acendia o seu cigarro.

– Preciso falar com você. – Comecei a me sentir tonta, pois só de pensar no que eu falaria já me subia um calor.

– Algum problema? – ele perguntou.

– Por que você me beijou?

Mark deu uma risadinha e olhou para o chão:

– Que pergunta mais sem-noção, Clarisse! Eu beijei você porque eu quis, ora!

Senti-me totalmente perdida e idiota, parada ali. Por que ele ficava tão quieto comigo? Não suportava isso nele. Olhei ao redor e para o alto, onde o sol queria surgir no céu nublado.

Mark me deixou ali fora, sozinha, enquanto algumas lágrimas escorriam pelo meu rosto. Que péssima ideia a minha de lhe fazer aquela pergunta, como se cobrasse algo dele. Sentia que qualquer possibilidade de relacionamento com ele estava esgotada.

E Danny, onde estaria? Na escola, nem tínhamos conversado muito, porque estaria ocupado o dia inteiro com o treino de futebol. Além disso, eu estava com muita TPM e cólica, somadas às saudades de casa. Pensei em todos os meus amigos e fiquei imaginando o que deviam estar fazendo, sem mencionar minha família: meus pais e meu irmão.

Quando se aproximava a hora de o show começar, a gritaria encheu o estádio: "Flight 08! Ahhh!" Eu olhava para aquelas meninas histéricas e me dei conta de que já fora assim, antes de conhecer pessoalmente os integrantes da banda. Depois que você conhece os ídolos de perto, já não é a mesma coisa, porque deixam de ser uma fantasia.

Durante o show, em que o som da música se confundia com os gritos na plateia, não conseguia desviar o meu olhar de Mark. Eu, Gio e as meninas pulamos e dançamos nos bastidores, enquanto milhares de fãs nas arquibancadas cantavam e faziam o mesmo.

Relembrei os momentos anteriores ao show. Após um aquecimento de quarenta minutos, todos haviam saído do camarim. Sentada de frente para o espelho, fechara meus olhos, respirando fundo. Algumas lágrimas teimosas caíam de novo e levei o maior susto quando alguém tocou meus ombros:

– Clair, você está bem?

Ao me virar, vi Mark, que estava muito mais bonito, com seu cabelo de inglês superestiloso e cheiroso (detalhe: quase nenhum inglês é).

– Você está chorando?

– Não. Só estava pensando... – Mas não deu para esconder, porque as lágrimas já tinham tomado conta do meu rosto.

Mark me deu um abraço e murmurou:

– O que aconteceu?

– Eu me senti uma idiota de ter feito aquela pergunta.

– Não, Clair, fui eu que falei na primeira vez que tudo não tinha passado de uma noite apenas.

– E eu lhe disse que entendia. Além do mais, estou com o Danny...

– Não precisamos falar dele agora. – Ele se aproximou e me beijou, desta vez com uma intensidade maior do que as anteriores.

Não sei quanto tempo ficamos ali. Mark segurou minha mão e, me puxando para mais perto dele, disse:

– Ei, não precisa ficar mal por causa disso.

Nossos rostos estavam tão próximos, que podia sentir o aroma de menta que exalava de sua boca.

– A verdade é que eu não sei bem o que quero – confessei.

– O que eu quero é ficar com você agora. Isto é, se eu puder.

– Você é assim com todas? Lembro quando te vi pela primeira vez; você estava com uma loira. E falou que amava ela, como falou a muitas outras. – Minhas palavras caíram no silêncio.

Mark massageou minha nuca. Não sei como, mas o meu corpo deixava se levar pela sensação de desejo; era um impulso incontrolável. Beijei-o por um bom tempo, sem conseguir soltá-lo. Beijando meu pescoço, ele sussurrou:

– Tenho que ir. Daqui a pouco vai começar o show.

Deu-me um último beijo, enquanto a porta se abria atrás de nós. Paramos de nos beijar. Era Anthony, que anunciou:

– Velho, já está na hora de ir.

– Já vou, mano – Mark respondeu enquanto nos entreolhávamos, certos de que ele não presenciara nossa cena.

Anthony fechou a porta, e Mark me puxou para perto dele de novo. Cada vez que fazia isso, dominava-me uma sensação muito boa, de tirar o fôlego.

– Vai para casa depois?

– Acho que sim.

Eu me sentia uma idiota impotente ao trair o Danny com o próprio primo, mas sem coragem de acabar com tudo aquilo. Ao mesmo tempo que gostava, sentia-me totalmente confusa, pois Mark não falava o que sentia de verdade.

Após o show, que durou uma hora e meia, os meninos voltaram suados para o camarim e se trocaram para um encontro com algumas fãs. Estas estavam entusiasmadas, falando alto e rindo. Foi inevitável eu me recordar das minhas amigas: queria tanto que elas estivessem comigo naqueles dias; com certeza ficariam muito mais loucas do que já eram.

– Mark, você é tudo para mim – declarou uma das fãs.

– Eu sonho com você todas as noites! E nem acredito que estou aqui com você!

– Brian, me dá um fio de cabelo seu? Para eu ter um pedaço de você para sempre!

– Mark, vamos tirar uma foto?

– Scott, você está lindo nesta foto!

Era muita conversa, e, hoje em dia, eu nunca falaria assim com nenhum outro famoso. Brian ficou todo metido, abraçando as meninas; Anthony não parava de zoar uma fã que tinha dado uma aliança para ele, enquanto Mark beijava todas (na bochecha, lógico, mas isto já era um OH! para a cultura inglesa).

Depois que terminou todo o auê, fomos ao estacionamento e entramos na Van: Brian, Anthony, Gio, Scott, Mark, eu, Katy,

Dayse, Jane, Roxy e mais alguns amigos deles. Iríamos para a casa deles fazer uma "festa" de despedida para a próxima turnê.

Em Friern Barnet, eu e Mark ficamos muito tempo sentados no sofá do terraço conversando sobre várias coisas. Era o lugar mais sossegado para conversar, porque estava uma bagunça na sala: música alta, gente dançando e fumando. De onde estávamos, podíamos ver tudo o que acontecia.

Mark me contou que, desde pequeno, ouvia música e tocava violão, tentando imitar os músicos que via na TV. Na escola era chamado de "craque da viola", porque jogava futebol e tocava violão. Os pais dele moravam na Escócia e eram separados. Tinha uma irmã mais velha, de 25 anos (Kristen). Confessou-me que teve problemas com os pais quando decidiu abandonar a escola pela música, pois acreditava que conseguiria ter uma carreira bem-sucedida. E foi o que aconteceu quando, com apenas catorze anos na época, decidiu vir para Londres, na casa do Danny.

Tentou a World Record, mas não deu em nada, até conhecer Scott por intermédio de uma amiga em comum. Scott integrava a banda Crush, como estagiário, para gravar o próximo CD. Ficaram amigos e decidiram tocar juntos. Nessa mesma época, Gio conheceu Scott na produtora e iniciaram uma amizade. Bem mais tarde, começaram a namorar.

– Foi da Gio a ideia de apresentar o pai dela, um dos empresários mais importantes da World Record. Foi o dia mais tenso da minha vida: o pai da Gio parecia muito sério para estar gostando das músicas, mas no final nos deu seu telefone e falou que ligaria quando pudesse.

Quando a gravação da Crush ficou pronta, o pai de Gio ligou para eles e perguntou se estavam interessados em formar uma banda com quatro integrantes. Para isso, teriam de procurar um baterista e um baixista. Fizeram vários testes com candidatos, até encontrarem Anthony e Brian. Tudo estava dando certo. Começaram a tocar juntos e a abrir os shows do Crush, estratégia que ajudou a alavancar a fama da nova banda.

– Nesse meio-tempo, minha irmã se casou na Irlanda, o que exigiu que eu me afastasse um pouco da banda. Ao rever meus pais, eles nem quiseram olhar para minha cara; fingiam que eu não existia, o que me fez sentir muito mal. Mas, hoje em dia, tanto meu pai quanto a minha mãe estão orgulhosos de mim.

Tive a impressão de que Mark iria chorar ao falar da mãe, mas continuou a falar sem lágrimas. Depois, ele voltou para a banda e todos decidiram morar juntos em um *flat* perto da gravadora, em West Kensington. Quando algumas fãs descobriram o paradeiro deles, ficou insuportável morar ali, e se mudaram para Friern Barnet, um bairro menor e com menos gente. A grande distância que eram obrigados a percorrer até a gravadora foi determinante para decidirem montar o próprio estúdio em casa. Assim, só precisavam ir à gravadora duas vezes por semana. Desde então, vinham crescendo e ganhando fama. Quando o Crush acabou, ganharam mais fãs.

– Eu nunca imaginei que até no Brasil as pessoas escutassem nossa música! – espantou-se.

Foi a minha vez de contar minha vida. Falei dos meus amigos e da minha família. Disse que vivia com meus pais e um irmão de catorze anos.

– Sinto saudades deles, mas estou gostando muito da Inglaterra. Você tem vontade de conhecer o Brasil? – indaguei.

– Nossa, e como! – foi sua resposta entusiasmada.

Nem preciso dizer que já comecei a imaginar muitas coisas, preciso? Decidimos deixar o terraço onde nos encontrávamos e voltamos para a sala, onde pairava um odor muito forte de maconha. Brian segurava uma garrafa de uísque vazia;

Anthony dançava com uma garota – completamente bêbados –, enquanto Gio estava em uma roda com Scott e as meninas.

– Ei, Clair, entra aqui com a gente! – Gio estava com os olhos vermelhos e a voz meio lenta. Parecia estar fumando há horas.

– Agora não... – Gio sabia que eu não gostava de fumar, muito menos maconha.

– Mark! – Dayse veio cambaleando na nossa direção, bem mais para lá do que para cá. – Quero falar com você.

Ela começou a agarrá-lo pela cintura e a puxá-lo para perto. Mark me olhou e disse:

– Agora não dá, Dayse.

– Como assim? Você vai me trocar por *esta* aí, vai? – Ela me mediu dos pés à cabeça com reprovação.

– Vamos, Clair – Mark me puxou, ignorando-a. Entregou o meu casaco e nos dirigimos à porta.

– Aonde vocês vão? – perguntou Brian.

– Dar uma volta – respondeu Mark. – Brian, lava essa cara, mano! Você tá parecendo um retardado!

A noite não estava mais tão fria. Havia um ar de primavera, em que se podia sentir o cheiro das flores no ar, embora minhas mãos estivessem congeladas mesmo assim. Mark e eu caminhamos em silêncio pela rua. Nos *flats* vizinhos, algumas janelas estavam acesas e dava para ver as pessoas assistindo TV ou no computador. Ao virarmos a rua à direita, nos dirigimos até um quiosque no parque do condomínio.

Mark sentou-se, recostando-se na coluna, e eu, ao seu lado. Era estranho estar com o primo do Danny e não com o próprio. Ele sorriu, e eu falei, mais para cortar aquele silêncio que estava me incomodando:

– Nem acredito que, de uma hora para outra, eu estou com você. É muito estranho... Eu era sua fã e acho que, no íntimo, continuo sendo. Não sei se você me entende; meses atrás, nem

– Clair, posso falar com você? Desculpe por hoje; não queria ter reagido daquele jeito. Sabe, é que meu primo não merece você.

Fiquei parada, só olhando para ele. Como era possível... Ele estaria com ciúmes?

– Tudo bem, Mark. Também fui grossa com você. Nunca quis te machucar.

– Não precisa falar mais nada.

Mark veio para perto de mim, colocou as mãos no meu quadril e murmurou no meu ouvido:

– Vamos esquecer tudo isso.

Nós ficamos e ficamos em pleno corredor; ainda bem que era tarde o suficiente para ninguém da produtora aparecer de repente. Mark me levou para o meu quarto. Scott e Gio já dormiam na cama dela. Mark perguntou se podia ficar um pouco mais, e eu concordei. Fui colocar o pijama e escovar os dentes. Ao voltar, ele estava sentado na minha cama e me olhou, sorrindo. Mark era tão irresistível ao sorrir, opinião que era compartilhada por todos – de fato, ele tinha alguma coisa a mais.

Na manhã seguinte, na hora do almoço, já estávamos com tudo pronto para ir ao aeroporto. Os meninos não tiveram que se preocupar com os equipamentos musicais, porque os funcionários da World já os haviam encaminhado até o próximo destino. Só foram almoçar e pegar o voo para a Alemanha, próxima parada da turnê. Feliz pelo sucesso do show da noite anterior, Brian estava cheio das piadinhas. Na hora de saírem do hotel, para variar, havia algumas fãs querendo autógrafos e mais fotos.

14

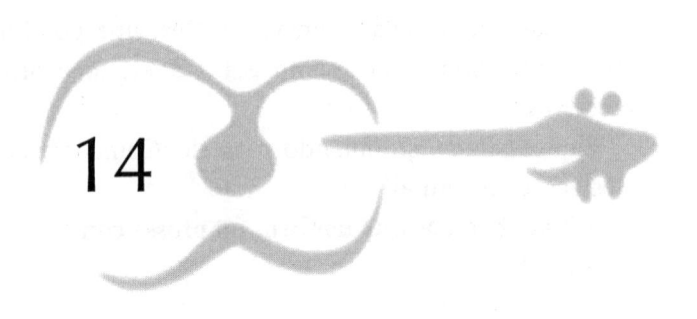

ÀS TRÊS HORAS da tarde, chegamos ao aereoporto Tegel, em Berlim. O desembarque e ida até ao hotel Angleterre foi tranquilo, pois não havia fãs aguardando. O hotel ficava perto do centro de Berlim, restaurada como a capital do país após a unificação das Alemanhas Ocidental e Oriental.

No trajeto, passamos pela Unter den Linden (Por baixo das Tílias), principal avenida de Berlim, que abrigava várias construções famosas: o Portão de Brandemburgo – o símbolo da cidade de Berlim, similar ao Arco do Triunfo; a Ópera Estatal (em alemão: Staatsoper Unter den Linden), que é uma ópera famosa alemã; a universidade Humboldt de Berlim (Humboldt-Universität zu Berlin), a mais antiga universidade de Berlim, que teve diversos pensadores alemães entre seus alunos; o Palácio da República (Palast der Republik); a Catedral de Berlim (Berliner Dom); a Embaixada Russa; o Museu Histórico; o Museu Guggenheim de Berlim, entre outras. Depois que tirei algumas fotos, Mark pegou minha câmera e começou a tirar fotos de mim com ele mesmo. Brian acabou entrando na farra com Mark; quando os dois se juntavam, era impossível controlá-los.

No hotel, a produtora reservou um andar inteiro somente para nós. Os quartos foram divididos da seguinte maneira: Brian e Mark em um, Anthony e Scott no outro, eu e Gio em mais um. Os aposentos eram simples, mas aconchegantes – do tipo que eu adoro.

Como o Flight 08 estava na fase final de sua turnê – que acabaria dali a dois dias –, a Universal queria que eles organizassem mais alguns shows, cuja arrecadação seria destinada para o Comic Relief, uma organização britânica de caridade que utiliza o riso para combater a miséria. Essa organização, que surgiu com o objetivo de lutar contra a pobreza no Reino Unido, passou a combater a fome na Etiópia, estendendo-se, depois, para vários países africanos. Ao lado da banda McFly, o Flight 08 colaborava com essa organização.

Nem pudemos visitar Berlim pela falta de tempo, porque, mal colocaram as bagagens no quarto, os meninos foram para o espaço do show.

Se aquela tarde foi puxada para eles, não foi para mim nem para Gio, porque nos divertimos com as músicas. Mark e Scott, depois, riram de nós duas, enquanto Brian comentava:

– Desse jeito, vocês podem fazer *back vocal*.

Ficamos direto no local até a hora do show, enquanto os meninos davam entrevistas e recebiam algumas fãs no camarim.

Durante o show, Mark estava todo empolgado e sorridente. Havia um brilho de alegria em seu olhar que contagiava a plateia, enquanto esbanjava charme no palco. Eu estava encantada com o jeito como ele tratava a todos. *Trate os outros como gostaria de ser tratado*, foi o que me ocorreu, sem conseguir sentir ciúmes dele.

Depois do show, muitas fãs se postaram em frente ao hotel. Pacientes, os garotos deram autógrafos para todas as que estendessem a mão.

Sem dúvida, aquela foi a noite mais agitada de todas. A gravadora comemorou mais do que em Madri, por terem confirmado os 12 mil ingressos vendidos para os dois shows de Berlim, mais os 6 mil de Madri, o que totalizava 18 mil ingressos vendidos – sem considerar os shows do Reino Unido.

Na comemoração informal, no quarto de Anthony e Scott, o clima era de alegria e folia. Mark estava tão feliz, que até me levantou e me beijou na bochecha, sem ninguém desconfiar de nós. Mas Brian tinha mania de falar, brincando, que nós éramos um casal. Ou, talvez, não estivesse brincando.

– Ao casal Rush e Agnelli na pegação! Vamos brindar!

Todo animado, Brian abriu uma champanhe. Realmente, todos acabaram ficando bem eufóricos. Eu mesma, só de beber um pouco, fiquei tonta, embora não bêbada. Resolvi ir para o quarto deitar. Brian queria me levar junto, mas Mark foi firme ao dizer que seria ele a me acompanhar e ponto.

Mal chegamos ao quarto, e Mark começou a me beijar. Aconteceu tudo tão rápido que, quando me dei conta, tínhamos, ambos, perdido o controle da situação.

– Mark, não estou preparada.

– Desculpe, Clair – disse, depois de um longo silêncio. – Eu fui um idiota.

– Não. Fui eu que deixei.

Ficamos deitados, abraçados por um bom tempo, durante o qual pude sentir a respiração dele junto com a minha. Finalmente, Mark me deu um beijo de boa-noite e foi embora.

Devo confessar que eu não me senti preparada para perder minha virgindade naquele instante. Afinal, nós nem sequer tínhamos conversado sobre sexo antes! Eu sabia que ele não era nada virgem e me senti insegura e com medo de fazer uma escolha errada, embora eu saiba que muitos homens – mais do que as mulheres – fazem sexo sem pensar, pensando no próprio prazer, o que pode ser prazeroso para o corpo, mas não para a alma. Acredito que, se não há amor envolvido, o sentimento que fica é o de vazio. E a verdade é que eu estava com medo de me arrepender depois.

Para mim, Mark era mais do que a figura de cara bonito e famoso: o que me tocava nele era o seu jeito de ser. Ele adotava uma postura com seus amigos, como se fosse "pegador" e malandro, mas no fundo eu o enxergava como alguém carente e sem saber como agir em relação ao amor. E isso me deixava em dúvida: o que eu sentia por ele era real ou só o desejo por um cara ideal? Mas eu me esquecia de que, para ser ideal, precisaria ser perfeito – algo que Mark estava longe de ser.

Como é difícil saber a transição de uma amizade-colorida para algo mais sério, e *quando* se está na frente da pessoa *certa* para se entregar totalmente, pela primeira vez! Eu pensava que Mark poderia perder o interesse em mim se tudo acontecesse muito rápido. Ao mesmo tempo, não queria ficar enrolando, pois ele poderia – pelo motivo inverso – bater a porta na minha cara. Ou seja, não dá para prever se é melhor ter uma relação apimentada ou moderada. Ufa!

Há quem ache que se pode transar à vontade – ao passar de um amasso para outro –, enquanto há outros que pensam que o amor deve ser algo muito elaborado e puro – como as igrejas insinuam (qualquer que seja a religião). Na minha opinião, não há regras para amar; cada um sabe de si. Mas acredito que seja importante evitar o prazer superficial, para expressar os verdadeiros sentimentos envolvidos.

Era isso o que eu queria; aliás, qual menina não desejaria ter sua primeira vez – algo que marca para o resto da vida –

com alguém especial? Mas sem forçar a barra de nada, pois a hora certa sempre chega, mais cedo ou mais tarde.

No dia seguinte, um pouco antes da hora do almoço, eu e Gio terminamos de arrumar nossas bagagens para voltar à Inglaterra. Era um presentinho daqui ou uma bolsa nova de lá... A crise econômica não me fez bem: estava gastando mais do que o planejado, por causa da queda dos preços das lojas. Fechamos as malas e as levamos à recepção. A produtora da World estava em peso no restaurante do hotel. Os meninos ainda almoçavam, pois não tinham acordado para o café da manhã – ou seja, eu não tinha falado com Mark até aquele momento.

– Bom dia, meninos. Acordaram tarde, hein! – sorri em cumprimento, e Mark retribuiu.

– Vê se ela não dá trabalho na volta – falou para Gio.

– Ok. – Gio riu, olhando para mim.

– O outro Rush é que vai aguentar – brincou Scott. – Brincadeira, Clair!

Indo para o aeroporto, eu estava estranhamente feliz, como se os problemas não existissem. Quando estou feliz, minha boca não para de se movimentar: falo mais do que a nega do leite, como diria uma amiga minha. Gio estava nesse mesmo estado; daí nós duas conversávamos sem parar sobre as pérolas da viagem. O taxista até nos perguntou que língua era aquela que usávamos, porque misturávamos inglês com português. Com certeza, deve ter pensado que éramos loucas, porque começamos a rir dele.

Entre mostrar o passaporte e dar o tíquete do avião, já estávamos dentro do avião, prontas para a decolagem. Quando o avião subiu, Berlim ficou pequena e distante e, naquele momento, o mundo se tornou muito maior do que a minha percepção.

15

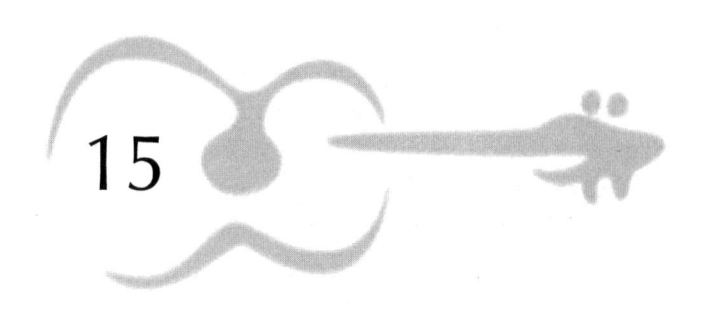

A MÃE DE Gio nos esperava na saída do desembarque, em Heathrow. Voltamos para casa e almoçamos lá mesmo.

Na tarde daquele mesmo dia, um sábado, eu e Gio saímos com as meninas. Fomos para Piccadily Circus, onde entramos nas lojas e experimentamos roupas, sem levar nada. Divertimo-nos muito; era como se eu estivesse com minhas amigas do Brasil, mas essas eram mais loucas. Um exemplo:

– Vamos ver quem tem a cara de pau de cantar *Want You Back* para aquele gato! – desafiou uma delas.

Katy fez uma aposta para ver quem cantaria a música da Cher Lloyd para um cara que passava na rua. Ela mesma ganhou. Vários turistas nos olharam assustados enquanto outros riam, e o próprio cara deu um sorriso tímido para nós.

Fomos para o Hyde Park. As meninas compraram maços de cigarros e uma garrafa de Black Label.

– Vamos fazer a festa! – falou Jane, virando a garrafa e passando adiante. Ela era a que mais enchia a cara nas festas.

Eu não posso falar nada, porque também virei bastante a garrafa naquela tarde. Resultado: fiquei muito eufórica e disse um monte de bobagens das quais nem me lembro, mas tinha a vaga consciência de que eram besteiras. Que mico me ver naquele estado! Recordo-me, vagamente, de que Danny surgiu com uns amigos, e eles nos levaram para casa.

Toda a nossa felicidade se evaporou quando a mãe de Gio percebeu que tínhamos voltado bêbadas da rua.

– Filha, vem aqui, quero falar com você.
– O que, mãe?

Elas foram para a sala de TV, deixando-me sozinha na cozinha. Minha cabeça girava, e eu me sentia totalmente fora da realidade, mas ainda tive ouvidos para escutar:

– Se você não saiu com seu namorado, acabou saindo de novo com aquelas meninas? – A mãe de Gio não aprovava muito o namoro dela com Scott.

– Saí, mãe, por quê?
– A Jennifer estava, não estava?
– Sim. Ela é minha amiga.

– Filha, quantas vezes já te disse que essa menina não é uma boa companhia? Ela tem uma mãe alcoólatra e um irmão doente!

– Ela está passando por uma fase difícil, é só isso.

– Ela não tem responsabilidade! E você ainda coloca a Clarisse nessa situação... O que eu vou falar para os pais dela? Nem tenho coragem; como você acha que fica a minha imagem e a de seu pai?

– Quer saber? QUE SE DANE! Eu ando com quem eu quero e ponto. A senhora não dá palpite e, se quiser beber, eu bebo!

– Pode me passar o celular aqui, mocinha! Você não terá mais direito sobre nada! Sem computador, sem TV, sem sair com ninguém e sem namorado! Por um mês, entendeu?

– Coisa que você já queria fazer faz tempo, não é, minha mãe?

– SUBA! Me dá desgosto ver você assim! VÁ! Quer estragar sua vida, estrague, sua bêbada!

Com a respiração suspensa, ouvi tudo. Só me mexi ao escutar uma batida de porta e um baque de algo caindo no meio da escada. Era a Gio, que soluçava e despenteava os cabelos. Ajudei-a a se levantar.

– Eu vou me matar, Clair! A minha vida tá uma droga!

Ela soluçava alto, como a mãe, na sala de TV.

No seu quarto, Gio pegou um cigarro e fumou um atrás do outro.

– Meus pais são idiotas! Eles não percebem que todos os adolescentes gostam de fazer coisas, como beber e fumar? Coitada, não é culpa da Jane se ela tem uma vida difícil... E minha mãe ainda vem falar que sou bêbada! PORRA! Assim não dá! – Ela me olhou e caiu em si, acalmando-se um pouco. – Desculpe, Clair. Não queria que as coisas fossem assim.

– Tudo bem, Gio. Acontece. Como aquela vez que eu peguei a vodca escondida e o meu pai descobriu, lembra? Ele ficou muito puto.

– Lembro. Foi horrível...

– Ele falou que ia me mandar para uma reabilitação, mas depois conversamos e tudo ficou bem. Só que eu esqueci de cumprir minha palavra de beber só em casa...

– É... Bem, você me faz sentir melhor. – Ela teve um ataque de riso e falou que ia tomar um banho para tirar as energias ruins.

Fui fazer o mesmo, depois capotei na cama. É... Às vezes os pais parecem ser as pessoas mais chatas do mundo, os idiotas que querem impedir os excessos que nós, jovens, adoramos sentir na pele, ao colocar os limites deles. Por outro lado, os pais são as pessoas que mais amam os filhos; não existe outro amor que seja mais forte do que o de um pai pelo filho. Qualquer outro amor pode acabar – rápido, como entre namorados –, mas entre pais e filhos é para sempre.

Aquele domingo foi muito tenso. Gio ficou fingindo que a mãe não existia, enquanto ela veio me pedir desculpas por causa daquela situação horrível.

– Me desculpa, Clair. Mas, às vezes, eu preciso botar limites, senão a Gio não entra na linha. Tudo isso é para o bem dela.

Muito abalada e sentindo-se injustiçada, Gio desabafava que, se tivesse coragem, fugiria de casa, beberia até cair e voltaria de novo bêbada da rua, para mostrar à mãe que era ela quem mandava na própria vida. Mas Gio se esquecia de que isso seria uma demonstração de falta de maturidade de sua parte e, na minha opinião, mostrava sua carência com relação aos pais. Pelo que eu percebia, eles não eram vistos como pais por ela, mas sim como figuras a se temer. Somente a autoridade que exercem sobre a Gio justificava ela não ter feito o que me dizia ter vontade de fazer.

Uma relação fria traz desconforto e vazio.

16

Estávamos na última semana de provas. Gio ia à escola, mas voltava para casa logo após bater o sinal, porque a mãe já a esperava no portão com o carro. Ela estava muito mal e não falava direito com ninguém.

No último dia de aula, antes das férias de verão, na hora da saída, fomos para o portão esperar a mãe de Gio, que ainda não havia chegado. Danny conversava com alguns amigos e ficou olhando para mim de longe, até que se aproximou:

– Oi.

– Oi – respondemos as duas em uníssono.

– Clair, quer sair hoje à noite? Você também pode ir, Gio.

– Não sei... Posso te ligar mais tarde?

– Lógico.

A mãe de Gio acabava de chegar. Despedi-me de Danny. Que estranho: parecia que eu tinha terminado tudo com ele por causa da história de pedir um tempo, e eu nem sabia se tinha acabado ou não.

Ao chegar em casa, Gio foi para o quarto dela, como vinha ocorrendo em todos aqueles últimos dias. Enquanto fumava sem parar, conversávamos sobre o dia na escola e eu tentava animá-la, porque tudo um dia passa: sentimentos de alegria, assim como os de tristeza também. Mas esse dia foi diferente dos outros:

– Eu estou ferrada, Clair.
– Por quê?
– Scott quer vir hoje em casa me ver, e eu disse pra ele que não ia rolar. Ele não pode saber que estou de castigo por ter bebido.
– Você falou o que, exatamente?
– Scott me chamou para ir à casa deles. Aliás, Clair, Mark está de volta. Eu inventei que estava mal; então, ele disse que vinha me visitar. Quando comentei que preferia ir lá, mas que teria de ser escondido, ele me perguntou por quê. Contei que estava de castigo por ter pego emprestado o cartão da minha mãe e gastado muito.
– Ai, Gio, que mentira! Sério, se fosse você, não mentiria para ele.
– Você não sabe como ele ficou quando fiquei bêbada pela primeira vez, na frente dele. Me humilhou diante de todos os amigos, e nós quase terminamos por causa disso. Eu prometi que nunca mais ia beber... E, pronto, a história se repetiu.
– Putz! Não sabia dessa história...
– Todos sabem, porque viram. Faz o seguinte: quando ele chegar, fala pra ele que estou dormindo.
– Gio, é melhor você falar com ele. Tudo tem uma solução.
– Não, Clair, isso não tem.

Quando Scott chegou na casa de Gio, as coisas não melhoraram como eu previra. A mãe de Gio avisou logo para ela que Scott não poderia ficar muito tempo e que, se isso não acontecesse, ela iria falar.

Decidi ficar no meu quarto, porque não estava me sentindo bem com toda aquela situação. É horrível testemunhar algo de fora, sabendo que não se pode fazer muita coisa.

Meu celular começou a vibrar na escrivaninha. Havia uma mensagem de Mark: *Oi, Clair. Quer sair hoje? Mark.*

E tinha outra do Danny: *Clair, você vai?*

Eu estava toda enrolada com esses dois. Embora já soubesse a minha decisão, não estava absolutamente certa de nada.

Só de pensar que Mark já estava em Londres, sentia um nervoso misturado com ansiedade e alegria. Era uma sensação que me deixava tão leve e alegre...

Estava tão envolvida com Mark em meus pensamentos, que tinha esquecido por completo de Gio e Scott discutindo lá embaixo. Ouvi uma batida de porta e Gio entrou no meu quarto, muito pálida e com os olhos molhados.

– Clair, acabou... Acabou TUDO!

– Senta aqui, Gio.

– Eu e Scott terminamos... Ai, Clair, o que eu faço para sair dessa situação?

– Calma, Gio. Respira fundo.

– Tudo acabou, Clair! MINHA VIDA! Eu estou sendo um problema na vida de todos...

– Calma, Gio! Essa é uma fase, como qualquer outra na vida. Todos nós precisamos aprender, e é por isso que sentimos dor, que é uma mudança para amadurecer e nos tornar melhores. Se tudo fosse só felicidade, o tempo todo, não haveria transformação, e o mundo seria igual sempre.

– Você tem razão, Clair. Preciso de um cigarro.

Gio se pôs a fumar desesperadamente, como se o cigarro fosse um apoio. Aquilo estava me deixando exausta: ver uma amiga se destruindo não é nada fácil.

É difícil acalmar uma pessoa que está na fossa e não enxerga saídas, como se todas as portas estivessem fechadas. Há uma revolta até contra Deus, por achar que é Ele quem não ajuda a encontrar uma solução. É daí que vêm essas forças negativas: suicídio, pânico, autodestruição, entre muitas outras.

A minha amiga Dani já teve uma experiência do tipo. Ela teve a síndrome do pânico. Foi difícil entender o que ela sentia: faltou muitos dias na escola e, sempre que ia, passava mal; tinha falta de ar e medo de morrer.

Eu e as demais meninas estranhávamos muito a Dani daquele jeito; tudo acontecia de uma hora para outra, e o pior: ela não falava o que sentia, e achávamos que estava brava porque tínhamos feito alguma coisa para ela. Mas não; estava passando por uma depressão forte e falta de autoestima. Só fiquei sabendo de seus problemas quando veio se abrir comigo: tinha brigado com os pais e amigos (eu era a única amiga dela) e se sentia só, com muito medo. Foi um ano inteiro assim – ela não queria sair de casa para nada e tinha medo de TUDO, sem exceção. Eu me estressei muito com ela, sim, mas, se você se colocar no lugar de uma pessoa assim, verá que não é nada fácil. É preciso ter muita força de vontade, mesmo que tudo pareça errado, e também não vale se cobrar por algo que a deixa mais para baixo. Mas, hoje em dia, Dani não parece a mesma menina do ano passado: sorri e conversa sem nenhum ressentimento e tem um astral lá em cima. Está cheia de amigos de novo e se reconciliou com os pais, graças à vontade de mudar.

Vou transcrever, a seguir, uma poesia que eu adoro e tem um superalto-astral:

Quando as coisas ficam difíceis
(e você sabe que isso acontece),
Lembre-se de um momento da sua vida
Cheio de alegria
E de felicidade.

Lembre-se de como você se sentiu
E você terá a força
De que precisa
Para superar qualquer dificuldade.

Quando a vida coloca diante de você
Uma dificuldade maior
Do que você imagina poder superar,
Lembre-se de algo que você conseguiu
Com perseverança,
Lutando até o final.
Fazendo isso, você vai descobrir
Que tem capacidade de superar
Todos os obstáculos que aparecerem em seu caminho.

Quando você estiver absolutamente
Sem energias,
Lembre-se de encontrar
Um santuário e descanse.
Tire o tempo necessário
Em sua vida
Para sonhar os seus sonhos
E renovar sua energia,
Pois assim será mais fácil encarar
Cada novo dia.

Quando você sentir que a tensão está surgindo,
Encontre algo divertido para fazer.
Você descobrirá que o estresse que você sente
Vai desaparecer
E seus pensamentos
Vão ficar mais nítidos.

Quando estiver diante
De muitas situações negativas
E que esgotam
Perceba quão minúsculos
Os problemas parecem
Quando você vê sua vida como um todo –
E lembre-se das coisas positivas.

Sherrie L. Householder

Nota: naquele dia, não saí nem com Mark e tampouco com Danny. Fiquei junto com Gio, que estava sem nenhuma esperança.

17

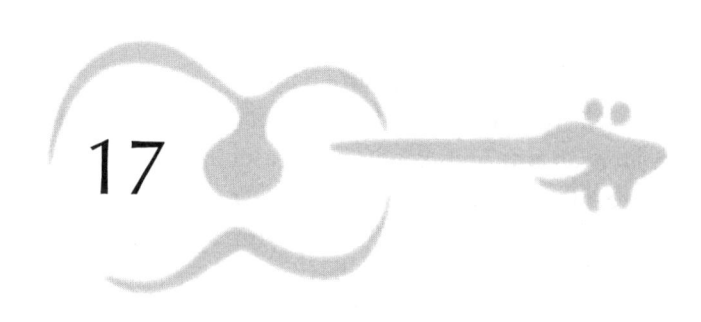

No PRIMEIRO DIA de férias, Gio já estava mais calma com o retorno do pai, que tinha ficado um tempo a mais na Alemanha para fechar um contrato com as rádios alemãs. Eles se alteraram um pouco, mas não discutiram como acontecera entre ela e a mãe.

– Filha, é para o seu bem – ele sempre falava quando via Gio emburrada em seu canto.

Não fizemos nada, além de comer muito e assistir TV. Foi interessante ver um programa sobre religião, uma ciência da qual não dá para ter provas. É necessário que se cultive a espiritualidade nas pessoas e que se recorra a ela, não somente quando se está em dificuldade – ainda mais neste momento em que o nosso planeta enfrenta guerras, crise econômica, corrupção do governo, entre outras coisas. É fundamental entender que a vida acontece para alguma evolução e destino, muito além das aparências. Quantas vezes esquecemos de nos perguntar quem somos nós e o que viemos fazer aqui? Quantos não vivem sem pensar no além, em algo fora daqui?

Na véspera, eu e Gio voltávamos para casa, e me chamou a atenção um ônibus em cuja traseira havia uma propaganda de cartão de crédito em que se lia: *Curta a vida, que acontece só agora; Deus é só um mito*. Deu-me um aperto no peito; era como se minha existência não valesse mais a pena, não tivesse finalidade em si. A vida é grande, por isso não se atole em pequenos problemas e viva cada minuto, mesmo que tudo esteja errado, porque cada desafio é uma missão completa.

Na primeira semana de férias, fiquei em casa, indo do computador para a TV e da TV para o computador. Conversei muito com as minhas amigas do Brasil, que ainda estavam na última semana de aula, e também com meus pais, de quem estava com muita saudade. Nunca senti tanta falta do meu país, chegando a chorar em vários momentos. E eu que achava que dali a dois meses iria revê-los, mas que nada! Esse período se triplicou, o que explicarei mais para frente.

No começo da segunda semana, minhas amigas da escola me chamaram para almoçar com elas em Piccadilly Circus. Danny estaria lá também. Gio não poderia ir por causa do castigo e pediu que eu trouxesse um maço de cigarros para ela na volta, já que não podia sair de casa.

O almoço foi muito divertido. Conversei até com os amigos de Danny, com os quais nunca havia falado direito. Estavam o Max, Andrew, Tomy, Bradley, Callie, Paloma e Vick.

Danny me perguntou se eu não queria acompanhá-lo até a casa do primo. Só de ele me falar, meus olhos brilharam de alegria: o que eu mais queria era ver Mark. Estava louca para contar a ele o que vinha acontecendo naquelas últimas semanas. Mas parecia que Mark havia se esquecido de mim desde sua volta – só me chamara aquela vez para sair (no dia negro da Gio). Com aquilo na cabeça, recusei o convite de Danny; não gosto de ir aonde não fui chamada.

Então, Danny resolveu me levar para casa. Fomos conversando e andando bem devagar. Era muito bom conversar com Danny, pois me fazia esquecer dos problemas e rir, com seu ótimo astral.

Antes de entrar em casa, Danny segurou meu braço.

– Espera, Clair.

– O que foi?

– Até hoje eu não sei se ainda estamos juntos ou se tudo acabou.

– Nem eu sei...

– Não sei se fiz alguma coisa que machucou você. Sei lá... Queria saber.

– Não. Você nunca me machucou.

Danny me puxou para perto dele e ia me beijar, mas eu desviei o rosto e dei um beijo na sua bochecha. Não dava mais para fingir meus sentimentos.

– Qual é o problema, Clair? – Danny colocou as duas mãos na cabeça, impaciente.

Eu sabia que falar que tudo tinha acabado entre nós não ia ser fácil.

– Danny, não dá mais.

– Você quer o quê? Terminar?

– É... se eu falei que não dá mais...

– Você é imprevisível! Não estou entendendo mais nada. Eu... – Ele parou por um instante, e percebi que seus olhos ficavam úmidos. Era algo que nunca vira antes em Danny. – Esquece. Acho que você já sabe.

Nós nem nos despedimos; Danny se virou para ir embora.
— Calma, Danny. Eu não queria que fosse desse jeito. Gosto muito de você como amigo.
— Esquece. Tinham razão aqueles que me falavam o que eu não queria acreditar que fosse verdade – falou mais para si mesmo do que para mim.

Entrei em casa exausta. Nem tudo o que começa bem pode terminar tão bem assim. Ninguém tem o poder de controlar ninguém, e muito menos nos relacionamentos. Tinha certeza de que o Danny sabia de algo entre mim e Mark. Fiquei pensando em como deve ser difícil pensar que você foi trocado por outro. Acho que ninguém gosta de ser traído, mas, enquanto é você quem faz isso, nem liga para o sentimento do outro. Eu não tinha ideia do que fizera o Danny passar; que burrice se achar o centro do mundo e que se dane o próximo. Se eu pudesse, teria feito diferente, como terminar com ele antes. Assim, talvez eu não teria perdido um amigo naquele momento.

Fui ver Gio, que estava no quarto dela. O aposento estava uma zona, com papéis e roupas jogados pelo chão. Ela estava debruçada sobre o *laptop* do pai (que tinha pego escondido) na cama:
— Clair, que cara é essa?
— Eu terminei com o Danny.
— Como foi que aconteceu?

Contei para Gio e comecei a chorar, sendo copiada por ela.
— Não quero ver você triste como eu. E o Mark não te esqueceu.
— Como você tem certeza disso?
— Sei lá. Intuição. Mudando de assunto, você apareceu no *site* das fãs do Flight 08.

Gio me virou o *laptop*, onde vi uma foto em que eu e Mark estávamos conversando na frente do hotel em Berlim. Embaixo da foto estava escrito: *Quem é esta? Sim, ela está muito amiga do nosso querido M. Rush. Seu nome é Clarisse, é brasileira e amiga de Giovanna (namorada do Scott), e tudo indica que ela e Mark estão em clima. Será que desta vez é sério?*

Abaixo havia comentários de fãs que me deixaram horrorizada, como se eu fosse a pior pessoa do MUNDO.

Ele deve estar só se aproveitando dela.
Lilly R.

Com certeza, só rola sexo na relação dos dois, do jeito que sabemos que ele é...
Julia March

Fiquei sabendo que ela está com o primo dele.
D. J. Rush

Vi ela no camarim, no fim de um show deles, aqui em Londres. Mas não me parece que eles tenham alguma coisa séria, acho que é só amizade mesmo.
Vicky P.

Vaca! O Rush é meu, só meu!
V. Rush

Vadia!
M. Rush

Por que ele escolhe uma garota tão de outro mundo, se estamos AQUI?
Vivi Rush

Também havia um vídeo no camarim do show de Berlim, que uma das fãs tinha feito. Eu aparecia ao fundo conversando com Mark, ensinando-o a falar algumas palavras em alemão que eu havia aprendido na minha escola no Brasil.

Não é fácil ser criticada, principalmente por alguém que você não conhece. Ainda mais sendo eu o alvo – justo eu, que choro por qualquer coisa.

18

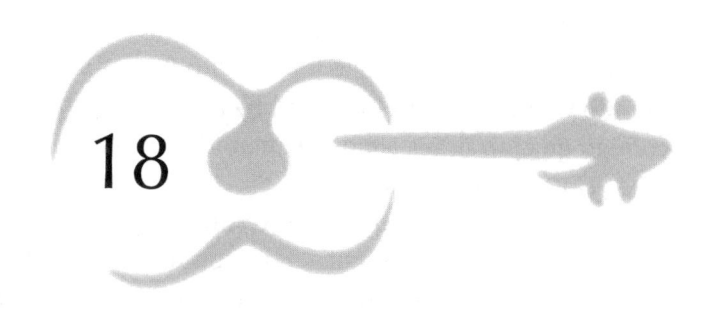

Nada como uma boa conversa para resolver os mal-entendidos. Gio e a mãe, finalmente, começavam a se entender depois de uma conversa que tiveram.

Mark não me ligava, e eu me sentia arrependida por tudo o que tinha feito. Mas não adianta se arrepender quando as decisões já foram tomadas. Por isso, quando acontecer com você, encare os fatos e não fique deprimida – como eu fiquei naquela semana –, porque não vale a pena perder tempo com tantos detalhes.

Gio ficava enfiada no quarto dia e noite. A mãe dela estava no hospital cuidando de uma irmã dela, doente, enquanto o pai trabalhava direto no estúdio da gravadora.

E eu ficava no computador da casa falando com meus pais e amigos. Computador é um vício que muitos jovens têm, ao ficar horas no Facebook, Skype, entre outros. Pessoalmente, eu não viveria sem um, mas percebo que há momentos em que me deixa muito fora da realidade da vida. É como um êxtase: quando olho o relógio e vejo que fiquei tanto tempo perdida ali no mundo virtual, levo um susto. Minha mãe sempre brigou muito comigo quando ficava até de madrugada na frente do PC, mas hoje vejo como ela está certa.

A tecnologia tem que ter seu limite de exposição, sob o risco de provocar efeitos colaterais, como queda no desempenho escolar e distúrbios de comportamento, ao se perder uma noite bem-dormida. Eu considerava uma perda de tempo esse blá-blá-blá, como muitos amigos meus, até com relação à existência de leis para tentar diminuir o uso do computador por crianças e adolescentes. Mas hoje penso diferente. Reflita bem antes de passar uma noite em claro na frente do computador: o futuro será seu e de mais ninguém!

As entrevistas que eu estava dando para o *site* do Flight 08 do Brasil naqueles dias me faziam pensar mais ainda no Mark. Tenho de admitir que o computador me ajudou a ficar ocupada, sem me lembrar o tempo todo dele, até receber um Whatsapp do Mark certa manhã: *Oi. Quer vir aqui na Friern B.?*

Meu coração deu um salto. Depois de tanto tempo de espera, ele entrava em contato comigo. Contei para a Gio, que ficou animada por mim, mas nem tanto, ao se lembrar de Scott e de que seu castigo acabaria somente no dia seguinte. Avisei a minha "mãe" e fui.

Os meninos tinham tido uma manhã puxada fazendo o novo clipe de *Should I Do*, mas não haviam conseguido terminar as gravações por causa da chuva, e todos estavam cansados. Conheci a nova namorada de Brian, a Rose, que era bonita e simpática. Eles tinham se conhecido no primeiro show da banda, no Hard Rock Cafe.

Mark estava mais quieto e sério. Mesmo conversando com todos, eu sempre o achava diferente cada vez que nos víamos depois de um tempo.

Scott me perguntou da Gio, com um ar bem abatido, mesmo tentando disfarçar:
– Como a Gio está?
– Bom, se eu não quisesse ajudar ela, falaria que está bem.
– Você acha que eu tenho chance se falar com ela?
– Acho que sim.
Brian colocou o vídeo que ele tinha feito em Madri e em Berlim, cuja filmagem estava péssima, mas dava para ver alguma coisa.
No fim da tarde, com a noite avançando, Mark pediu uma pizza para o jantar. Como sempre, a cozinha deles estava um caos, com louça suja por todos os lados, principalmente nas férias. Até a faxineira tinha resolvido tirar folga.
– Que horror! – exclamei.
Pus todos eles para limpar aquela sujeira, menos Brian, que foi levar Rose para a casa dela. Eles eram tão bobos; ficavam rindo de mim, dizendo que eu podia trabalhar em um programa de *reality show* de restaurante.
Depois do jantar, assistimos TV. Nem era tarde da noite, mas quase todos foram dormir: primeiro Brian, depois Scott e, logo depois, Anthony.
Assim, ficamos eu e Mark na sala. Apoiei minha cabeça em seu ombro e ele segurou minha mão, que ficou acariciando entre os dedos.
– Sua mão é tão pequena.
– E a sua, gigante. – Dei risada dele, e ele acabou rindo junto.
Ficou me encarando com seus olhos azuis, o que me deixava nervosa e sem jeito. Porém, o que me deixou mais sem jeito ainda foi uma propaganda na TV que falava sobre sexo. Além do prazer, o locutor recomendava o uso de camisinha para relaxar do estresse. Isso logo me fez lembrar a noite de Berlim;

eu não tinha tido tempo ainda de conversar com Mark sobre isso. Ele pareceu ler minha mente.

– É uma coisa para se pensar: sexo além do prazer.

– É verdade... – Eu não estava aguentando ficar ali. – Já volto.

Tentei me recompor. Fui à cozinha pegar um copo de água, e Mark ficou observando em silêncio cada movimento que eu fazia com um sorriso discreto.

– O que foi? – perguntei.

– Nada. – Mas ele continuava sorrindo.

Eu me sentei calmamente em meu lugar e apoiei minha cabeça no ombro de Mark. Ele olhou para mim e sussurrou em meu ouvido:

– Você fica tão bonita assim vermelhinha... Sabe o que é difícil? – Ele assumiu um ar sério.

– Não. Posso saber? – sorri.

– Você. – ele riu.

– Eu? – olhei-o, surpresa.

Mark me empurrou até o sofá, deitou-se por cima de mim me fazendo cócegas e depois me beijou.

– Mark! Para com isso, seu bobo!

Os beijos foram se tornando muito quentes, e meu corpo, mais uma vez, se entregou às sensações.

– Quero tentar... – sussurrei em seu ouvido.

O sofá não era espaçoso o suficiente para caber nós dois. Estávamos, por isso, bem apertados ali.

– Tem certeza? – Mark provocava arrepios em mim ao beijar meu pescoço.

– Sim. Se você parar com isso! – Eu me contorci toda para fugir do rosto dele.

Embora eu me sentisse preparada para aquele que seria *o* momento (ou talvez sentisse mais certeza que coragem), estava muito nervosa. Desabotoei e tirei a camisa dele, e tudo foi acontecendo aos poucos. Durante as preliminares, muitos pensamentos passavam pela minha cabeça, principalmente minhas dúvidas com relação a Mark gostar de mim de verdade. Enquanto ele procurava o fecho do meu sutiã, eu disse:

– Mark, você precisa me explicar antes como é... – minha voz saiu trêmula e ofegante.

Um silêncio horrível se instalou entre nós. Fiquei constrangida, porque não podia ver a reação dele, que tinha a cabeça recostada em meu ombro.

–Mark, fala comigo. Eu estou com medo! – fiquei irritada por um instante.

Mark estava muito calado para ser o cara social que eu conhecia, mas parecia pensar no que podia ou não falar.

– Relaxa, Clair. Não precisa ir tão depressa. – Ele parecia estar tão relaxado e calmo, que fiquei me sentindo culpada por aquele fiasco.

– Ai, desculpa... Estraguei tudo.

Mark olhou para mim e me deu aquele seu sorrisinho torto.

– Não precisa se desculpar. Acontece. – E riu.

– Mesmo assim, desculpa. Você pode me levar para casa? – pedi, embaraçada ao encará-lo.

Eu me preocupava com o que Mark pudesse pensar de tudo aquilo e, sobretudo, que pensasse que eu não havia sido capaz de sustentar a situação até o fim.

– Claro! – Ele agora me encarava, sorrindo até pelos olhos.

Apesar de tudo, senti-me melhor nesta vez do que na primeira, mesmo não tendo rolado nada. Mark tinha sido tão compreensivo; parecia entender meu momento! Fiquei pensando se ele entendia que para mim sexo não era diversão, porque devia existir uma relação íntima com a outra pessoa. Há quem só enxergue o próprio prazer e nem se preocupe com o que a outra pessoa sente, o que demonstra seu egoísmo e o máximo senso de individualização. Sexo também envolve responsabilidade e compromisso com o outro, com a própria saúde e a preservação de vida, que pode ser totalmente alterada com uma gravidez precoce.

Tenho certeza de que ninguém deseja um filho antes da hora, mas há muitos jovens que não optam pelo sexo seguro e acabam colocando não apenas sua saúde em risco, mas também um filho não programado no mundo. Sem amor também não rola, porque pode ficar aquele sentimento de arrependimento. E arrependimento, com certeza, era a última sensação que eu queria sentir com o Mark.

19

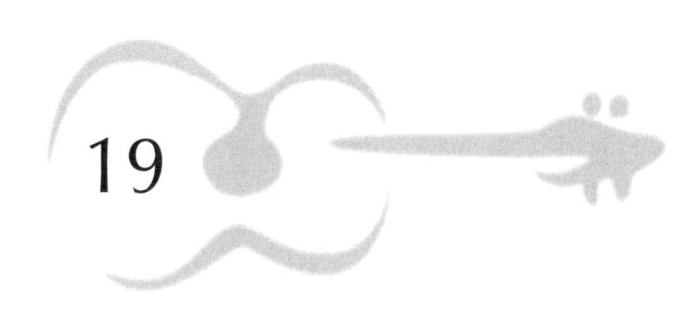

No dia seguinte, o pai de Gio nos levou para assistir a um programa de auditório da ITV2 chamado *CD:UK*. Vimos uma entrevista com o Flight 08 e também com outra banda, The Kooks. Gio não estava a fim de ir, até eu falar que Scott queria falar com ela. Antes de entrarmos na sala de auditório, eles conversaram, e havia um clima no ar de retomada de namoro.

Foi muito divertido: os quatro não paravam quietos, e a entrevista foi bem dinâmica. Mark sempre olhava na minha direção e dava risada, e eu ficava muito sem graça, porque todos se viravam para ver quem é que ele estava olhando.

Acompanhamos as gravações do clipe *Should I do*, que estava sendo realizado em um lugar descampado, perto do aeroporto de Heatrow, em Colnbrook. Adorei ver as gravações de perto e observar como nem tudo é perfeito: o diretor era chato e estressado, e xingava todo mundo; o pai de Gio ficava contrariando tudo o que ele falava e os funcionários eram atrapalhados.

Mas, no final, deu tudo certo. O clipe ficou muito legal: eles andavam pelo campo dentro de um carro e algumas fãs loucas corriam atrás. Cenas de Brian contracenando com uma delas iam se alternando com imagens dos shows de Berlim, Madri e Londres.

No final do dia, fomos assistir à estreia do filme *Harry Potter e o Enigma do Príncipe*. Brian estava insuportável, fazendo piadinhas e zoando de coisas que não tinham graça, me deixando muito irritada.

A noite estava abafada quando saímos do cinema Vue, e várias fãs avançaram querendo autógrafos e fotos dos garotos. Enquanto isso, aproveitei para pegar um *frappuccino* no Starbucks. Gio grudava no Scott e não o largava nesses momentos. Ela parecia uma criança desesperada que não quer soltar de jeito nenhum o brinquedo que tem em mãos. Apesar de serem meus amigos, nessas horas, eu os achava um casal de idiotas: aquele grude que tinham incomodava todos, ainda mais os amigos íntimos.

Nunca achei que o namoro deveria servir para transformar o casal em uma pessoa só, mas sim para aprender a lidar com os defeitos do outro e aceitá-lo do jeito que é.

As férias estavam ficando bem agitadas, com algumas festas e encontros com os meninos do Flight 08, e esquentou ainda mais com a viagem dos pais de Gio para a Escócia. Ficamos em Bloomsbury, na casa de Stefanie, prima de Clair. Ela tinha 21 anos, morava sozinha e cursava Psicologia na faculdade. Apesar de muito fofa e simpática, e de eu adorar conversar com ela, era de lua: seu humor variava durante o dia, podendo ficar nervosa de uma hora para outra. Gio brigava muito com Stefanie, principalmente pela contrariedade de ter sido obrigada a ficar na casa da prima.

– Onde está o meu caderno, Giovanna? – Stefanie perguntava toda vez que ia ao computador, que não podíamos nem sonhar em usar.

– Não sei – respondia Gio.

– Porra! Como assim? Eu tinha colocado em cima deste sofá!

Ela mandava a gente se levantar para ver se o bendito caderno estava debaixo de nós, e nunca estava, para variar.

– Cacete, Giovanna! Onde tá o meu caderno?

– Não sei – respondia Gio, tentando se controlar.

– Tem certeza?

– TENHO! – Agora Gio já estava alterada.

– Nossa! Que estressada... Tá de TPM? – Stefanie ainda provocava. – Eu tenho comprimido para cólica e...

– Cala a boca, Stefanie!

Gio me contou que elas passaram a não se dar bem desde que Stefanie começou a estudar Psicologia. A prima se achava superior a todos agora, ignorando opiniões alheias e julgando sempre estar certa.

As duas viviam em guerra, até que Gio decidiu ir para a casa de Scott junto com os meninos, e eu acabei indo também. Ela disse à prima que uma amiga havia nos convidado para passarmos duas semanas na casa dela. Stefanie acreditou, sem desconfiar de nada.

Foi a coisa mais irresponsável que eu já fiz na minha vida, mas não pude resistir à tentação de ficar próxima de Mark durante duas semanas.

20

Se eu contasse isso para meu pai, com certeza ele nunca mais me deixaria sair de casa, mas isso nunca vai acontecer, porque jamais vou contar. A única pessoa de casa em quem mais confio é minha mãe; mesmo assim, não sei se compartilharia tal irresponsabilidade para deixá-la preocupada e querendo saber de tudo. Aliás, nem sou de revelar tudo; muita coisa eu guardo para mim mesma. Nunca havia falado de Mark para meus pais, somente que havia conhecido a banda. Mas, em algum momento, teria que contar.

Uma noite, ficamos sentados no terraço olhando as estrelas e a lua. Mark tocava seu violão bem baixo, pois todos dormiam. Ele tocou *Stay with Me*, como eu pedi. Escutar a sua voz baixa e grave perto do meu ouvido me dava um agradável arrepio.

– Posso te fazer uma pergunta? – ele me falou ao terminar.
– Lógico.
– Você já se apaixonou?

– Putz... Quer que eu seja sincera?
– Claro.
– Várias vezes eu achei que tivesse me apaixonado de verdade, mas depois descobri que era tudo ilusão da minha mente, entende? Sempre que estava com aquele por quem eu me apaixonava, acabava percebendo que não era bem o que eu queria.
– Entendo. Mas talvez o outro que você quisesse também não fosse aquele que você procurava, e isso seria como correr atrás de uma coisa que não se pode achar, percebe?
– Eu nunca tinha pensado nisso antes, mas é verdade. Você já viu algum casamento sem divórcio? Quer dizer, o divórcio foi um alívio para todos aqueles que sofrem no casamento, mas, ao mesmo tempo, eu acho que não seria preciso existir casamento, se as pessoas se separam depois. O padre não precisaria dizer "até que a morte os separe", e sim "que se separem na hora que acharem que não há mais amor".
– Casamento não é o meu forte, mas, mesmo assim, desejo ser um bom marido e pai. Parece até piegas isso o que estou falando.
– Acho que todo mundo pensa isso. Mas e você, já se apaixonou?
Ele riu e falou:
– Eu me lembro de quando você ficou decepcionada comigo, porque eu falei que tudo não tinha passado de uma noite, mas já passou, né?
– Mark, você não respondeu à minha pergunta! Já se apaixonou?
– Acho que sim, por uma menina do colégio. Você não vai acreditar, mas ficamos um ano juntos.
– Nossa! Você namorou, então?
– Sim. E também me iludi com ela, mesmo que você ache que eu sou um babaca que fica com todas.

— Ei! Nunca falei que você era um babaca... Conte para mim: como foi?

— Ela era incrível; era a menina mais bonita e simpática que eu conheci na minha vida. Eu parecia um cachorrinho atrás dela, até descobrir que ela me traía com um amigo meu...

— Nossa... É por isso que você não gosta de nada sério com ninguém, né?

— Acho que sim... Mas você é melhor que ela, isso é verdade.

— Mesmo que eu fosse, ainda assim vou embora daqui a dois meses.

Mark ficou em silêncio por um segundo e perguntou:

— Você realmente pretende ir embora tão cedo? Este lugar vai ser uma droga sem você.

— Não sou eu. É o fim do intercâmbio.

Fiquei em silêncio. Pensar em retornar dali a dois meses não era uma ideia ruim para mim, embora já me sentisse parte daquele lugar.

— O que você acha sobre tudo isso? – Mark me perguntou.

— Eu realmente estou amando ficar aqui e...

— E sobre nós?

— Aconteceu... – de repente me calei, triste ao pensar no fim. – Mas não quer dizer que esteja tudo acabado.

— Sabe, Clair, nunca gostei do fato de as pessoas terem que partir. Bem, eu perdi minha mãe assim. Odeio isso!

— Mas seus pais só são separados, não é?

— Mais ou menos... Eles são, mas a verdade é que minha mãe me abandonou quando tinha oito anos, e não foi nada bom.

— Meu Deus! Mark, eu nunca imaginei... Sinto muito. Muito, mesmo.

— Tudo bem. Acontecem coisas na vida que nem podemos imaginar. Não gosto muito de falar sobre isso, mas essa é a verdade. Bom, ela me trocou por um cara.

Percebi que ele queria chorar, mas se continha.

– Mark, isso é horrível... Como é difícil viver sem nenhum machucado...

– É, Clair, todo mundo tem seus desafios nessa vida.

Até as pessoas que mais admiramos têm defeitos e desafios para serem superados. Mesmo o Mark, que eu achava ter uma vida certa e um destino fácil... Como me enganara! Como qualquer outra pessoa, ele tinha seus desafios.

– Posso te contar um segredo? – me indagou.

Eu fiz que sim e ele me beijou; nós nos olhamos por instantes, até que prosseguiu:

– Eu não sei, mas, quando olho para você, é como se eu a conhecesse há muito tempo. Se você acredita em destino... acredita em reencarnações? Você acha que todos têm uma alma eterna?

– Sim, eu acredito, e você?

– Acredito, mas às vezes penso que acontece de um jeito bem mais simples do que as pessoas falam. Quero dizer: não tem essa de inferno ou céu e aquele que se ferrou não tem uma segunda chance; assim como não entendo por que o tempo todo as pessoas têm medo de falar da morte, como se fosse um tabu. Para mim, é mais uma mudança. É estranho falar isso.

– Morte. É uma palavra bem forte e que causa terror nas pessoas, como se tudo o que se fez em uma vida acabasse ali. Todos deveriam acreditar mais no que não é somente matéria e entender que tudo que nos envolve é Deus. – Olhei em volta, para a escuridão que nos envolvia. – Como aqui, onde estamos.

– Eu perdi meu avô quando ainda era pequeno, mas eu juro que via ele sentado na minha cama me dando boa-noite toda vez que ia dormir.

– Você ainda o vê? – perguntei.

– Não mais, acho que foi só por uma semana. Mas tenho certeza de que ele está bem onde está.

– Eu já perdi um irmão que iria nascer em poucos meses, e eu estava ansiosa demais para ter outro irmão, além do que tenho hoje. Foi uma perda difícil para mim, mas minha mãe foi quem mais sentiu. Acredito que até hoje ela sente muito quando vê um bebê, e olha que isso já faz uns seis anos.

De repente, apareceu Gio na porta do terraço:

– Vocês ainda estão aí?

Eu e Mark demos uma risadinha, falando que estava tudo bem, e logo ela sumiu.

– Agora é a minha vez de te perguntar – falei.

– Fala.

– O que você detesta que te façam?

– Chantagem; ciúmes em excesso; abandono; odeio solidão, mas não gosto de depender de ninguém. É egoísmo meu, eu sei.

– É por isso que você tem tantas ficantes, não?

– Acho que isso já passou. Agora estou com um outro problema, se é que você me entende.

– Qual?

– Uma pessoa que eu não quero que me deixe.

Eu corei muito. Ri, envergonhada, e falei:

– Eu não quero te deixar. Não vamos pensar no depois... eu odeio isso!

– É, eu também. Agora me diga coisas que você odeia – pediu.

– Eu odeio tudo aquilo que a mídia manipula para as pessoas acharem que só é verdade o que ela expôs. Eu odeio o machismo dos homens. Eu odeio quando estou atrasada. Odeio tudo o que parece errado.

– Uau! Essa do machismo é para mim, não é?

– É... Mas não só para você. Os homens usam as mulheres como objeto sexual e depois as descartam!

– Calma, não é bem assim.
– Me diga, então: com quantas você já ficou ou transou?
Mark me olhou nos olhos.
– Não sei, foram muitas – admitiu. – As mulheres também são feministas e estão usando as mesmas armas.
– O que eu percebo é que todos pensam em si mesmos, querendo a individualização e a utilidade. Tá, não vamos discutir uma coisa que não vai chegar a lugar nenhum.
Beijamo-nos por um longo tempo, até Mark me perguntar:
– Você é virgem, né?
– Você percebeu? – meu rosto começou a queimar.
– É... Não tem como. No começo, eu achava que não.
– Tá. Aquelas duas vezes foram quase, mas eu não estou preparada e não sei bem como é...
– Vocês, mulheres, são complicadas, mas eu adoro ver como vocês se complicam mais ainda! – deu uma risadinha.
– Vocês, homens, também! Vocês não se contentam com apenas uma.
– Também não é assim, meu!
– Quer saber? Vamos parar com essa discussão toda e... me beija?
Mark me beijou com vontade e intensidade, e logo depois fomos dormir. Eu no quarto dele, e ele na sala.
Percebi com clareza, naquela noite, que Mark gostava muito de ter seu individualismo, mas ao mesmo tempo era carente e sensível – o que não demonstrava para ninguém, apenas quando decidia se abrir com outra pessoa.

21

Os DIAS SEGUIRAM abafados, com chuvas em todo fim de tarde. Eu acordava tarde, lá pela hora do almoço, mas não tão tarde como Brian. Todos os dias os meninos faziam revezamento para ver de quem seria a vez de acordá-lo.

Logo após o almoço com *french and chips* (comida típica na Inglaterra, feita com batata), íamos tomar sol no parque e conversar. Às vezes, aparecia um ou outro amigo dos meninos, que se juntava a nós. James e Landon, que tinham acabado de comprar uma casa no condomínio, também vinham. No fim da tarde, antes de começar a chover, voltávamos para casa e jogávamos alguma partida de carta ou assistíamos TV.

Em uma das tardes, eu e Mark nos sentamos afastados dos outros. Eu tinha ido dormir bem tarde, como era de costume naqueles dias, e estava acabada. No dia anterior participara de uma festa na casa de James e Landon. O pior foi que Danny estava lá e ele não me pareceu feliz em me ver conversando com

Mark. Mesmo assim, me cumprimentou e comentou que iria, na próxima semana, para a Escócia passar o resto das férias na casa da avó (que era também a do Mark). Talvez tenha sido isso que tenha feito Mark me chamar para um canto e me perguntar:

– Clair, eu vou ser direto e claro: é verdade que você dormiu com o meu primo?

– Quê? Quem te disse isso?

– É verdade?

– Não, Mark! Eu te falei que nunca... Por que você desconfia? Quem te falou?

– Acho melhor você não saber.

– Foi o Danny, não é?

Mark me olhou de lado e sorriu com sarcasmo:

– Uau, que bravinha!

– O que você faria se eu tivesse dormido com ele?

– Nada.

Aquela resposta foi um balde de água fria em mim. Acho que nenhuma menina suporta ser tratada com indiferença pelo cara por quem é apaixonada.

– Você tem medo de se apaixonar? – provoquei.

– Ei! O que foi, Clair?

– Você tem, não tem?

Ele se calou por um instante, como se eu tivesse invadido suas fraquezas, e me respondeu grosseiramente:

– O que você tem a ver com isso? Por acaso, acha que eu sou apaixonado por você?

– Sabe, nem sei por que eu estou aqui do seu lado! – as lágrimas saltavam de meus olhos; então me virei e fui embora.

Mark nem tentou me deter; ficou sem ação.

Naquela noite, fomos assistir a um filme na casa de James e Landon. *O Clube da Luta* só tinha violência e sangue, ou seja, era bem o estilo oposto de filme que gosto. Acabada a sessão,

todos ficaram sentados conversando e bebendo a cerveja que Brian tinha comprado na Alemanha.
— Você está bem, Clair? — Brian me questionou.
— Eu estou legal.
Sentou-se ao meu lado no sofá e perguntou baixinho:
— Por que você e o Mark brigaram hoje? — ele estava desconfiado de algo.
— Nada de mais.
Ao voltarmos para casa, lá pelas três e meia da manhã, eu me sentei no terraço, enquanto os outros conversavam e riam alto na cozinha. Estava nervosa e precisava ficar sozinha. Nada como parar e relembrar tudo o que aconteceu.

Estava tão concentrada em meus pensamentos, olhando para as nuvens e as poucas estrelas que conseguia ver entre elas, que levei um susto quando uma mão tocou em meu ombro.
— Desculpa... Posso sentar? — Mark pediu.
— Senta — falei com indiferença, olhando de novo para o céu.
— A noite está tão estranha — ele comentou.
— Até a noite pode ficar estranha — provoquei-o.

Tentava ao máximo não olhar para ele, que me encarava com seus olhos azuis. Escutava ao longe Brian falando na cozinha e todos caindo na risada. Mark colocou sua mão em cima da minha. Ao olhar para ele pelo canto do olho, vi que estava com a cabeça baixa. Depois de longos minutos, ele sussurrou:
— Me desculpa por hoje... Eu fui ignorante com você.
— Sabe, acho que toda mulher sonha em achar o cara ideal, e cobrei demais de você. Eu me enganei, mas, mesmo assim, gosto do jeito que você é. Eu fiquei tão...

Minhas palavras foram cortadas pelo beijo dele. Uma atitude vale mais do que mil palavras.
— Mark! — gritou Scott, da cozinha.
— Acho que querem que você vá — falei no ouvido dele.

– O quê? – gritou Mark de volta.
– Quer jogar pôquer? – berrou Brian.
– Agora não! – respondeu.
Mark me puxou para o colo dele com aquele sorriso de quem quer alguma coisa.
– Não tenho como escapar de você hoje, né?
– Não – ele sorriu e me beijou.
Não deu nem um minuto quando vi vultos na sala. Eram Brian e Anthony.
– Que beleza! – falou Brian.
Eu sorri e Mark também, mas ao mesmo tempo estava envergonhada. Anthony deu uma risadinha para Mark. Logo atrás, apareceram Scott e Gio, curiosos.
– Mais um casal na banda! – brincou Scott.
– Falta o Anthony.
– Estou bem assim solteiro, velho.
– Deixa a gente ver um beijo – pediu Gio.
– Beija! Beija! Beija! – todos gritavam.
Mark riu e eu falei:
– E agora?
– Por acaso, você é o meu pecado – Mark brincou.
– Vai logo – gritou Brian.
Ele segurou com uma das mãos a minha nuca e me beijou. Ouvi assovios, gente falando atrás e a respiração de Mark.

22

Com o retorno da viagem dos pais de Gio, nós também voltamos para casa. Gio me pediu que não comentasse nada sobre aqueles dias na casa dos meninos. Os pais voltaram com várias fotos e histórias para contar sobre a Escócia.

Embora para Gio fosse até uma coisa normal mentir para os pais, quando sua mãe perguntou sobre a prima, nós falamos que ela estava bem e que ficamos alguns dias na casa de Katy – fato que aceitaram como verdadeiro, o que me deixou mais ainda com um peso na consciência.

As férias foram passando e estava um tédio. Gio não estava a fim de fazer nada, além de ficar no computador, e Mark estava ocupado com a banda, dando entrevistas e ensaiando no estúdio. Assim, ele quis me emprestar seu violão enquanto estivesse longe.

A saudade de minha família e amigos aumentou. Não havia um dia que não me lembrasse deles e ficasse chorando.

Mandava várias mensagens pelo Facebook, uma vez que, sendo agosto, todas as minhas amigas já estavam na escola. Para piorar o quadro, os dias eram nublados e tristes. De vez em quando, fazia dias de sol, mas eu continuava enfiada em casa, o que me deixava muito triste e deprimida, porque odeio ficar parada por tanto tempo. As únicas horas em que não ficava entediada nem deprimida era quando tocava violão e tentava tirar de ouvido algumas músicas de bossa nova, que queria muito mostrar para Mark.

Preocupada comigo, a mãe de Gio me perguntou se queria que ela fizesse alguma coisa especial por mim. Respondi que não precisava, que estava tudo ótimo e que só tinha saudades de casa. Gio estava insuportável, por isso nem falava muito com ela. Mas, mesmo assim, ela queria brigar.

– Por que essa cara, Clarisse? Por que não volta pra casa?

– Cala a boca, Giovanna!

Quando falava com meus pais, eu chorava de saudade e vontade de voltar para casa. Eles argumentavam que só faltavam dois meses e que logo estaria de volta. Ao mesmo tempo, eu brigava comigo mesma, dizendo que não queria partir. Sentia que, mesmo que tudo naquele momento me parecesse difícil, eu poderia melhorar de alguma forma.

– Conversa com a Giovanna, filha – aconselhava minha mãe.

– Acho que vou conversar, sim. Está sendo difícil conviver com ela agora. Em casa dava para suportar quando estava estressada, mas aqui é muito mais difícil. Ela parece estar cansada de mim.

– Isso acontece quando se convive com uma pessoa por muito tempo. Você precisa se colocar e falar o que está sentindo: não entre na mesma sintonia que ela! Eu sei que você é capaz – falava meu pai.

Foram dias difíceis, mesmo tendo um violão como companhia. Mas tudo começou a melhorar quando Katy resolveu chamar todas as meninas para um encontro na casa dela, para uma despedida das férias. Foi uma farra: todas queriam contar como haviam sido as férias. Katy tinha ido para a casa dos primos, em Birmingham; Jane tinha ido para Paris com a mãe encontrar um amigo dela; Dayse permaneceu em casa, mas conheceu um irlandês, de quem ficou a fim; Roxy contou que estava trabalhando todos os dias em uma cafeteria, a Berdees Coffe Shop & Sandwish Bar, e nos convidou para irmos visitá-la enquanto as férias não acabavam.

Quando Gio contou que ficamos duas semanas na casa dos meninos, Dayse me lançou um olhar fulminante – como se quisesse me matar. Mas, felizmente, Gio teve o bom senso de não falar nada de mim nem de Mark, pois eu sabia que iria haver várias pessoas inventando coisas.

Depois de muita conversa e risadas, Katy chamou Joe, Sebastian, Andrew e Max (os dois meninos que foram àquele encontro ao qual Gio não foi). Eles trouxeram bebida e cigarro. Mas, como os pais de Katy estavam em casa, decidimos ir à casa de Jane, que ficava a poucas quadras dali, uma vez que não tinha ninguém lá. Não gostei muito de ir depois de saber de algumas coisas sobre a família de Jane, mas também não podia ser a chata.

A casa era pequena e bem bagunçada, com revistas espalhadas pelo sofá, livros e jornais velhos; além disso, havia copos sujos em cima da mesa e pratos. A casa cheirava a cigarro e mofo. Logo todos estavam sentados no sofá, bebendo e fumando. Eu bebi um pouco do uísque, mas não cheguei a ficar bêbada, como Jane e Dayse, que subiram na mesa e dançaram ao som da música do celular de Dayse: *Little Bad Girl*, do David Guetta (ft.) Taio Cruz. As duas estavam ridículas e, ainda por cima, com os meninos assistindo. Mesmo bêbada, eu nunca seria vulgar a esse ponto. O mais estranho foi Max chegar para mim e perguntar:

– E você e o Danny?

– Nós não temos nada. Só amizade.

– É bom saber.

– Por quê? – estranhei.

– Sei lá... Quer dar uma volta? – Ele apontou para a porta.

Eu estava em dúvida sobre sua real intenção, mas sair daquele ambiente era a melhor coisa a fazer.

Max era o garoto alto, de cabelos loiros e olhos verdes que havia visto no primeiro dia de aula, mas muito galinha, como as meninas me falaram já no começo. Saímos e demos uma volta no quarteirão.

Ficamos jogando conversa fora, até que o silêncio predominou entre nós. Paramos na frente da casa de Jane de novo.

– Fica parada: tem uma coisa no seu cabelo – Max disse. Ele se aproximou de mim quase me beijando, mas desviei o rosto.

– Eu não posso, Max.

– Eu pensei que você não estava com Danny... – ele colocou as duas mãos nos bolsos.

– Não estou... Mas não dá, entende?

– Nem uma chance? Olha bem para o que você está perdendo.

Que menino mais convencido e sem noção! Nunca iria trocar Mark por ele! Não pelo fato de Mark ser famoso, mas porque nunca ficaria com alguém por interesse; apenas se pudesse haver uma troca.

23

Setembro chegou e as férias acabaram. Seria o meu último mês na Inglaterra, e isso me deixou muito triste. Um dia antes de voltar à rotina normal, Mark me mandou uma mensagem: *Quero te ver. Estou sentindo a sua falta.* Respondi para ele: *Este vai ser o meu último mês.* Ele respondeu que não conseguiria me ver naqueles dias, a não ser no único sábado antes de irem para Amsterdã tocar em um festival chamado Jordaan Festival. Depois iriam para Nova York, pois a Universal da América convidara a banda para abrir o show dos The Bravery, no Hard Rock Cafe da Time Square. Isso significava que nos veríamos apenas uma única vez antes de eu ir embora.

Com o início do Year 12, as aulas de Matemática e de Química começaram bem puxadas – aliás, são duas matérias de que não gosto, mas procurei me esforçar, porque dali a menos de um mês eu voltaria para casa. Pelo menos, tudo indicava que seria assim.

Tendo retomado a rotina de aulas, Gio voltou ao normal e até me pediu desculpas por ter me tratado daquele jeito. Argumentou que estava com muita TPM.

A semana passou devagar e arrastada. Eu queria muito que sábado chegasse, mas, quanto mais esperava, mais demorava. Fui mais cedo para Friern Barnet do que a Gio, que queria ver na TV um programa da Discovery Home & Health sobre moda.

Ao chegar à casa dos meninos, Mark era o único que estava acordado. A primeira coisa que fizemos quando nos olhamos foi nos dar um abraço apertado, mas o violão atrapalhou um pouco, por estar pendurado nas minhas costas.

Minhas lágrimas caíam, teimosamente e em silêncio, antecipando nossa despedida.

Ele me abraçou com mais força e disse:

– Ei, não precisa chorar, Clair! Este não é o fim, é uma mudança. O que impede de nós continuarmos conversando?

– A realidade. Você deve saber muito bem que só vamos nos falar duas ou três vezes e depois tudo acaba, porque não tem mais a mesma intensidade. Fui clara?

– Não vamos pensar no depois, Clair. Você mesma disse. – Ele tentava desviar do assunto. – Conseguiu tocar? – Mark me ajudou a tirar o violão das costas.

– Sim. Foi a melhor terapia que tive nos últimos anos! – Sorri e ele retribuiu. – E, por falar em terapia, quero te mostrar algumas músicas que consegui tirar. São brasileiras.

Ele me olhou surpreso e respondeu, entusiasmado:

– Caraca! Quero ouvir! Qual é o estilo?

– Bem... é bossa nova. Tom Jobim, Vinicius de Moraes... Conhece?

– Acho que não conheço. Mas você pode me mostrar mais tarde, depois do almoço.

– Lógico!

Ouvimos passos na escada. Anthony tinha acabado de acordar.

– Oi, Clair.

– Oi, Tony. Tudo bem?

– *Yep*. O que estão pensando em fazer hoje?

– Não sei ainda, cara. Mas acho que vamos ficar por aqui – respondeu Mark.

– Você sabe o que tem para comer? – Anthony perguntou da cozinha.

– Acho que nada, velho. Vamos ter que pedir uma pizza.

– De novo? – me intrometi na conversa deles.

– Você tem ideia melhor? Comida japonesa?

– Por que não fazemos? Não é tão difícil fazer um macarrão ou um bife.

– O problema é que não temos nada – falou Anthony, na porta da cozinha.

– Posso ir ao supermercado. Peraí, tive uma ideia.

– Vixe! Lá vêm as ideias loucas dessa mina – exclamou Anthony.

– Putz... A cozinha tá limpa, né? – perguntou Mark.

– Tá, sim.

Mark cochichou algo para Anthony.

– Vocês dois, fiquem quietos – brinquei de ralhar com eles. – Preciso de um papel e uma caneta.

Fui até a cozinha ver o que tinha e o que faltava. Pensei até em fazer uma feijoada, mas daria muito trabalho achar todos os ingredientes. Então, tive a ideia de uma lasanha e, de sobremesa, brigadeiro. Recordei-me de cada ingrediente que iria precisar e anotei. Fui com Mark no Tesco, o supermercado que ficava perto deles. Peguei tanta coisa, que Mark achou que eu estava exagerando.

– O que você vai fazer? Posso saber? – ele me perguntou quando saímos do caixa.

– Você vai ver, mas preciso de ajuda. Pode me ajudar?

Mark deu um sorriso torto.

– Eu sou péssimo na cozinha. Acho que você já percebeu, né? Mas posso sim. Por que não?

No carro, ligou a música alta e comecei a cantar baixinho para mim mesma.

– Você é de lua, hein! – disse ele, me lançando mais uma vez aquele sorrisinho torto.

– Eu sou... Mas, como você mesmo disse, *não vamos pensar no depois*. – Soltei uma gargalhada ao tentar imitar a sua voz, e ele também caiu na risada.

Ao chegar na frente da casa, Mark não se moveu nem um pouco quando paramos na pequena garagem ao lado.

– Você não vai sair? – perguntei.

Ele riu e me puxou para perto de si, enquanto dizia, pensativo:

– Deve ser um sonho eu achar que vou cozinhar hoje, né?

– Lógico que não! – Dei um beliscão nele para provar que estava bem acordado.

– Ai, essa doeu! – exclamou, enquanto me puxava para perto dele. – Sabe o que eu tenho vontade de fazer com você?

– O que, Rush? – Olhei bem no fundo de seus olhos azuis. Nossos lábios já se aproximavam, quando Anthony apareceu à porta e gritou:

– Ei! Todo mundo está com fome! Vamos apressando aí!

– Putz! Ninguém dá sossego nesta casa durante o dia – reclamou Mark.

– Mais tarde. – Dei um sorriso para ele, ao qual Mark retribuiu.

Entrei na casa. Brian e Scott estavam jogados na frente da TV, e o ruído característico me dizia ser algum programa de esportes. Brian parecia desanimado e de mau humor, apenas olhando a TV, e Scott estava ainda sonolento. Porém, ao entrar, os dois me viram e sorriram de imediato.

– Oi, Clair! E aí? – cumprimentou Brian, o cabelo todo amassado por estar deitado no chão.

– Oi, Clair! E a Gio? A que horas ela vem? – perguntou Scott, preocupado que a namorada fosse dar bolo nele.

– Chega na hora do almoço.

– Onde está seu namorado? – Brian me perguntou.

Eu ri. Brian teimava que Mark e eu tínhamos uma coisa mais séria do que somente uma amizade. Eu gostava disso, mas acho que Mark, não muito.

– Aqui.

Mark e Anthony entraram, carregados de sacolas.

– Quanto tempo o almoço vai levar para ficar pronto? – escutei Anthony perguntando na sala.

– Uma hora! – respondi da cozinha.

Mark veio com o resto das compras e me ajudou a colocar tudo em ordem. Foi mais fácil do que eu pensei: Mark foi uma ajuda ótima, fazendo tudo de acordo como eu lhe pedia para fazer.

– Coloca 5 fatias de presunto e de queijo – eu mandava.

Anthony era o mais impaciente: ficava entrando de quinze em quinze minutos para ver se tínhamos acabado.

Quando colocamos a lasanha no forno, Mark colocou sua mão suja de molho de tomate no meu rosto, me lambuzando as bochechas.

– Para, Mark!

Ele riu. Eu o empurrei contra a bancada e coloquei minha mão gelada, que havia acabado de lavar, em seu pescoço. Ele nem reclamou, dando-me uma mordida dolorida na bochecha.

– Mark, caramba! Isso doeu!

– *Caromba?* – ele me perguntou com cara de quem não tinha entendido.

– É uma expressão em português que quer dizer "oh my God". E não é *caromba*; é caramba!

Ele ficou tentando falar *caramba*, mas não deu muito certo, porque fiquei rindo dele.

– E aí? O almoço tá pronto? – Anthony apareceu de novo, impaciente.

– Caramba! – dei um pulo. Tinha me esquecido totalmente da lasanha. Anthony me olhou como se não tivesse entendido nada.

– *Calomba?* – Ele fez uma cara muito engraçada.

Mark explicou para ele o que significava. Aí ficaram os dois tentando acertar a palavra, enquanto eu pegava a lasanha no forno.

– Um de vocês pode ir colocando a mesa?

Anthony e Mark ficaram olhando, esfomeados, para a lasanha em minhas mãos.

– Eu coloco – ofereceu-se Anthony.

– Ainda acha que cozinhar é tão complicado? – perguntei para Mark.

– Com você, não – ele sorriu.

O almoço foi bem movimentado. Gio apareceu junto com David, Landon e James e, um pouco depois, Rose, a namorada de Brian, também estava lá. Todos conversavam animados. Quando tudo acabou, Gio e eu lavamos a louça e logo começamos a fazer o brigadeiro. Os meninos e Rose ficaram rodeando a panela com o leite condensado a cada minuto.

Ficamos só nós duas, pois a turma resolveu debandar para o parque, acompanhados pelo violão de Mark. O brigadeiro já estava ficando pronto e, quando não se ouviu mais nenhum barulho que sinalizasse alguém por perto, Gio me perguntou:

– Mark está sério, hein?

Senti borboletas em meu estômago e sorri.

— Realmente... Eu não sei.

— O jeito que ele olha para você... Ele não parece mais o antigo Mark que eu conheci há alguns anos.

— Para de falar bobagem, Gio! Ele é um amigo muito especial.

— É namorado!

— Gio, não é. E o Scott está sério também, hein?

— Isso é verdade. Ele já pensa até em casamento antes da hora.

— Você pensa em casar com ele?

— Às vezes sim, mas é muito cedo...

Ficamos conversando até o brigadeiro ficar no ponto.

— Você me falou que a primeira vez doeu muito para você. Eu e Mark tentamos algumas vezes, mas nunca foi realmente... Na verdade, nunca deixei...

— Olha, Clair, na minha primeira vez eu também estava tão nervosa, que mal conseguia respirar, mas não quis pensar muito se iria doer ou não. Nervoso é normal. Agora, decisão é outra coisa.

— Eu o amo... Mas não sei se ele me ama do mesmo jeito.

— Viu? Esse é o ponto.

Pegamos várias tigelas e colheres para poder dividir o brigadeiro da panela. Fomos para o parque, eu com as colheres e tigelas, e Gio, com a panela.

Avistamos todos embaixo de uma árvore, a mesma perto da qual gravei um filme com eles. Mark acenou para mim com o violão na mão.

— Ei, Clair! Venha me mostrar suas músicas.

Foi uma tarde agradável e inesquecível. O tempo estava ótimo, e estava rodeada por aquelas pessoas que eu já considerava minha segunda família. Todos ficaram encantados quando toquei a famosa bossa nova brasileira. Mark quis logo tentar aprender e lógico que, para ele, era mais fácil. O brigadeiro acabou rápido, e Mark me lambuzou inteira de chocolate. Com o meu iPad, Brian tirou várias fotos nossas.

Mais tarde, voltamos para a casa e os meninos tocaram um pouco no estúdio. Quando eles tocaram *Stay with Me*, meus olhos se encheram de lágrimas. Fui para o banheiro ver se me acalmava. Sabia que tudo era momentâneo e se desmancharia com o tempo – e, até se desmanchar, meu coração ficaria desamparado, sem vida na solidão. Não é fácil, mas é preciso seguir o caminho que nos é dado. Escutava a voz de Mark através da porta do banheiro, a voz mais rouca e sexy que já ouvira e tinha o poder de me deixar louca e tranquila, tudo ao mesmo tempo. Quando a música acabou, eu me acalmei e voltei. Tudo ficaria armazenado em minhas lembranças, até eu decidir contar a nossa história.

Mark me convenceu a tocar com ele algumas das músicas que eu tinha aprendido em suas aulas.

Eu e Gio tínhamos de voltar para casa antes do jantar. Assim, antes de me despedir definitivamente de todos, fiz questão de que assinassem nas camisetas que eu iria dar para minhas amigas. Após uma despedida com abraços e tristeza, Mark deu uma carona para nós. Gio desceu antes, e eu entrei somente depois de um bom tempo.

– Essa é a hora... Adeus – murmurei em seu ouvido.

Ele me puxou e me beijou, sussurrando para mim:

– Foi muito bom te conhecer, Clarisse.

Eu abri a porta do carro e fiquei parada olhando para ele no volante:

– Preciso tirar uma foto desse momento.

– Ah, antes que eu me esqueça – Mark hesitou um pouco e se virou para pegar alguma coisa que não era um objeto qualquer, e sim seu violão. – Tome... Quero que fique com ele.

– Não posso aceitar. É seu.
– Era. Agora é seu.
Eu peguei o violão com um ar desconfiado e de reprovação. Mark percebeu e disse:
– Se você não aceitar, vai ser uma decepção para mim. – Ele fez uma voz de mágoa forçada.
– Tudo bem. Mas você vai se arrepender...
– Nunca, Clarisse.
Olhei para ele, para seus olhos azuis, seu sorriso, o cabelo castanho bagunçado e as sardas. Ele podia ser lindo e perfeito para todas as meninas que caíam em cima dele, e eu poderia me considerar a menina da sorte, mas tudo o que aconteceu entre nós era para acontecer da forma como aconteceu. O destino é muito mais forte que nossas vontades e desejos. O destino é trilhado por nós a cada dia e a cada momento, e nós só podemos mudá-lo com palavras e atitudes.

24

Foi difícil o domingo. Gio falou que ia sair com Scott e eu podia ficar na casa deles ou sair com Mark. Mas eu decidi que não queria mais me envolver tanto na vida deles e, principalmente, na de Mark. Sábado tinha sido um dia muito especial e o último, mas mesmo assim fiquei com aquela vontade de ir. O que me impedia, de fato, era o arrependimento de ter criado toda aquela situação. Eu estava apaixonada, mas não podia me apegar mais ainda ao Mark.

Na sexta-feira seguinte, quando eu e Gio voltávamos para casa depois da escola, continuava carregando a minha tristeza por todos aqueles dias. Olhava o tempo todo para o celular para ver se Mark me mandava uma mensagem me chamando para ir vê-lo. Mas lógico que ele não iria mandar; isso era muita fantasia da minha cabeça. Estávamos sentadas no ponto de ônibus esperando, quando Gio virou-se de repente para mim e falou:

– Vamos hoje para West Kensington.

– Como assim? O que você quer fazer em Kensington? – Esse nome era conhecido para mim, mas não sabia onde tinha ouvido.

– Você vai ver.

Pegamos um ônibus. Gio falou que precisava pegar uma encomenda para a mãe em tal lugar. O ônibus parou em uma avenida cheia de prédios em estilo inglês, além de dois restaurantes e um supermercado. Fui seguindo Gio, que andava superapressada na minha frente. Paramos diante de um prédio com o símbolo da Universal bem na porta de entrada.

– Gio? O que vamos fazer aqui?

Gio riu e disse:

– Vamos ver um ensaio deles no estúdio! Não quero que você vá embora sem ter visto um ensaio de estúdio deles.

– Quando eles vão viajar? – meu coração já começava a bater muito forte.

– Amanhã.

Entramos no saguão de entrada. Havia alguns seguranças e pessoas sentadas lendo jornais e revistas. Gio foi direto ao balcão da secretária, e eu tive de dar meus dados para poder receber o crachá de visitante.

– Seu pai já está lá em cima – a secretária disse.

– Obrigada, Georgia.

Avançamos por um longo corredor, onde várias pessoas passavam carregando papéis e equipamentos. Entramos no elevador junto com um cara que devia ter uns vinte e poucos anos.

– Oi, Gio. Tudo bem?

– Tudo, e você? Como está a Anna?

Eu e Gio descemos no terceiro andar, cruzando com pessoas que andavam pelo comprido corredor, e passamos por várias salas.

Paramos em frente a uma porta fechada com o número 786. Gio ia bater à porta quando eu falei:

– Já volto. Preciso ir ao banheiro.

– Logo ali à direita do corredor. Tudo bem se você for sozinha?

– Lógico.

Meu coração batia forte e bateu, mais ainda, quando virei no final do corredor para entrar no banheiro. Mark estava de costas logo mais à frente, em uma sala, falando ao celular. Entrei rapidamente no banheiro; não queria que ele me visse.

– A Julia já voltou, então?

Pausa para ouvir a pessoa do outro lado do celular.

– Sério, cara? Que tempo louco. Mas eu vou; com certeza estarei lá. Tenho de ir para o ensaio aqui. Falou.

Olhei para minha imagem no espelho, enquanto ouvia os passos de Mark se distanciando. Eu estava pálida e gelada. Como era possível? Mal tinha acabado com ele, e ele já ia sair com um pessoal que eu nem sabia quem era, mas o principal era que perguntara de uma tal de Julia. Mark nunca tinha me falado de nenhuma Julia. Chorei um pouco, mais de raiva do que de tristeza. Sentia-me uma idiota de ter acreditado em todas aquelas palavras que ele me dissera. Resolvi ir embora sem falar com ninguém; me sentia péssima.

Quando saí na rua, o vento soprava forte e as nuvens denunciavam que iria chover a qualquer momento. Nem parecia que eram cinco da tarde. Andei sem rumo, sem saber para onde ir. Pensava que nunca deveria ter feito intercâmbio na minha vida, poderia ter ficado muito bem só com meus sonhos, porque é muito mais fácil.

As pessoas começavam a correr para fugir da chuva. Sem forças para agir, fiquei ensopada até os pés. Dirigi-me até um ponto de ônibus e fiquei aguardando o ônibus que me levaria para casa. De repente, meu iPhone começou a vibrar: era Gio.

– Onde você está?

– Achei que tivesse te avisado que tinha que voltar para casa.
– Clair, você está bem?
– Eu te explico depois.

Peguei o ônibus, depois de quarenta minutos de espera, mas com o trânsito cheguei umas oito horas da noite em casa. A mãe de Gio ficou preocupada quando me viu toda molhada.

– Querida, o que aconteceu? Você precisa de roupas secas imediatamente.

Tomei um banho quente e coloquei meu pijama. Ajudei a mãe de Gio com o jantar até o pai de Gio chegar e avisar que a filha tinha saído com Scott. Logo após o jantar, fui ler *Little Women* (em português, foi traduzido como *Mulherzinhas*); um livro muito bom, na minha opinião. Conta a história de quatro irmãs que são pobres e lutam para conquistar seus sonhos, mesmo com todas as dificuldades.

Peguei depois meu Ipad e, quando o liguei, ele mostrou justamente a foto em que eu e Mark estávamos no parque, próximo à sua casa, comendo brigadeiro. Desliguei-o de novo. Olhei a hora no celular: eram onze horas da noite. Como não tinha mais nada para fazer, fui me deitar.

25

Durante a madrugada, acordei sobressaltada com o meu celular, que começou a vibrar e fazer barulho em cima do criado-mudo.

– Alô? – atendi com voz de sono.
– Clair? – Era uma voz um pouco rouca e conhecida.
– Mark?
– Oi... Desculpa se eu te acordei.
– Será que a gente pode conversar amanhã? – perguntei, irritada.
– Por que você foi embora sem falar comigo no estúdio?
– Eu estava muito atrasada. Agora tenho que desligar.
– Peraí! Você está bem?
– Pergunte pra você mesmo.
– O que eu te fiz?
– Mark, não dá mais para ficar nisso... – suspirei, sentindo que o meu sono se fora, totalmente. – Nós somos de mundos diferentes.

– Você está com medo, não é?

– Eu tenho medo, Mark. Tenho medo de te perder para sempre... – senti uma agonia, e lágrimas escorriam pelo meu rosto.

– Você acha que eu não tenho medo?

Fiquei quieta, enquanto algumas lágrimas escorriam de meus olhos com mais insistência. Mesmo tendo passado tantos momentos ao lado de Mark, eu não tinha certeza de se ele gostava de mim.

– Clair? Fala comigo, por favor!

– Eu não sei, Mark. Você consegue me esquecer rápido. Agora preciso desligar.

– Não, Clair. É sério. Lembra que você disse que iríamos continuar nos falando? É isso que eu quero. Olha para sua janela.

Quando fiz o que ele pediu, vi Mark parado ao lado de seu carro, do outro da rua, olhando para mim e sorrindo.

– Vamos dar uma volta?

– Só você mesmo! – enxuguei minhas lágrimas.

Desci rápido e em silêncio, mas, mesmo assim, os degraus rangeram um pouco. Peguei meu casaco e saí na madrugada fria, que se tornou quente logo que Mark me beijou. Ele emanava um charme irresistível naquele momento. Entramos no carro e ficamos um tempo nos beijando.

– Eu senti sua falta... – falei para ele.

– Você ainda pensa em ir embora?

Nossos rostos estavam tão próximos que eu não conseguia pensar direito. Fiquei quieta por um tempo, até que falei:

– Não... Não penso... Mas também é uma loucura ficar.

– Eu não acho.

Encarei seus olhos azuis, que me fitavam.

– Você desconfia de mim, Clair? – ele me encarava, esperando minha reação.

– Mark, não é que eu desconfio. Preciso só saber de uma coisa. – Tentava olhar o mínimo possível para ele, senão perderia as palavras. – Por que me pede para ficar, se tem tantas outras além de mim?

– Como? – o seu tom de voz era colérico. – Você ainda não me respondeu por que saiu do estúdio hoje...

Soltei um suspiro, tentando segurar as lágrimas, que pulavam pelos cantos de meus olhos.

– Tá... O que você quer que eu faça?

– Fique comigo, porque...

Ele pegou a minha mão e me puxou para seu colo quente e forte, nossos rostos ficando muito próximos. Podia sentir seu hálito quente na minha face. Colocou seus lábios bem perto de meu ouvido e sussurrou:

– Pode parecer muito piegas, mas nunca conheci uma garota como você. Não sei o que faria se me deixasse agora, ou depois.

Eu sorri radiante para ele e disse em seu ouvido:

– Mark Rush, não quero que se sinta na obrigação de nada.

Ele hesitou e continuou, ainda sussurrando em meu ouvido:

– Não é obrigação; eu realmente gosto de você.

– Eu também...

Mark secou as lágrimas que escorriam do meu rosto com seus dois polegares. Depois, segurando meu rosto, perguntou:

– Por que você está me ignorando?

Mais lágrimas saíram dos cantos de meus olhos, enquanto falava devagar:

– Para mim está sendo muito difícil deixar várias coisas para trás: você... – respirei fundo e continuei: – É melhor assim.

Aproximei-me de seu rosto e beijei seus lábios. O tempo ficou em suspensão, enquanto nosso beijo durava o que me pareceu uma eternidade. Ao abrir os olhos, percebi que a rua continuava vazia, com vários carros estacionados na frente das casas, mas o dia já avisava que o sol estava chegando.

– Vamos. Quero te levar a um lugar antes do meu voo.

Mark estava com seus lábios contraídos, como se fosse chorar, e muito sério. Não me atrevi a comentar nada quando ele pisou no acelerador e voou com o carro.

Paramos em um parque perto do Hyde Park. Mark continuava sério, mas agora sua expressão estava mais relaxada. Antes de sairmos do carro, ele tirou seu moletom e me jogou.

– É melhor você colocar.

Nem retruquei, pois sabia que o clima estava pesado ali. Vesti o moletom enquanto ele ia pagar o estacionamento. Quando saí do carro, senti aquela brisa fria batendo em meu rosto e levantando os cabelos contra meu rosto.

Enquanto andávamos, Mark passou um braço pela minha cintura. Quase dava para ver os primeiros raios de sol refletindo nas nuvens rosa e laranja. Passamos pelos portões, que acabavam de ser abertos. Algumas pessoas caminhavam pela rua além de nós. O barulho que se escutava era o de carros passando, apressados, na avenida Piccadily Arcade e de alguns pombos nas árvores do parque.

Alguns patos gritavam no lago The Serpentine, um lago artificial e enorme no Hyde Park. Desviamos desse caminho e fomos por um outro, que eu conhecia, pois tinha percorrido com Danny na primeira vez que pisei no Hyde Park para encontrar os meninos e Gio. Mark não parou perto dos bancos de madeira, nos quais muitos se sentavam, e eu continuei o acompanhando. Passou correndo por nós um pequeno esquilo, e eu levei um susto. Mark me segurou pela cintura com força, enquanto ria de mim pelo caminho, até pararmos em uma parte do parque em que havia algumas árvores com folhas nas copas.

Aquele lugar me era familiar, mas só depois me toquei que fora ali que eu e Mark conversamos, depois daquele sábado que eu fiquei com ele pela primeira vez. Ele olhou para mim e sorriu, radiante, ao meu lado. Como estava diferente: não era mais aquele a quem vim conhecer naquele pôr do sol, mas sim um novo Mark que surgia junto com o nascer do sol – que aliás já brilhava com seus raios fortes.

– Bom, Clair, acho que você deve se lembrar daqui... – fez uma pausa, depois continuou: – Foi a primeira vez que me senti na obrigação de falar que não queria nada sério. E o que eu não entendo até hoje é como você aceitou e me perdoou. Nenhuma outra teria aceitado com facilidade. Mas eu não queria me afastar de você. E, agora, quero falar que...

Bem nesse momento, o celular de Mark começou a tocar, estragando todo o clima, e isso me deixou com vontade de pegá-lo e atirá-lo longe.

– Droga! – ele esbravejou com o celular. – Preciso atender, Clair. É Scott.

Ele atendeu o celular e ficou andando de um lado para o outro, furioso.

– Como assim, AGORA, velho?! – ao ouvir a resposta de Scott, prosseguiu: – Perdi a hora! Merda! Faz o seguinte: leva minha mochila preta que está no meu quarto e vai para o aeroporto, que eu encontro vocês lá.

O dia já não parecia tão bonito quando Mark me levou de volta para casa muito rápido. O carro do pai de Gio não estava mais ali; ele já devia estar no aeroporto.

– Desculpe, Clair... – ele falou quando me beijou. – Nunca fui bom para você.

– Deixa disso. Eu é que não fui. – Minhas lágrimas de novo teimavam em escapar, e Mark as secava com suas mãos, segurando meu rosto. – Eu te amo, mesmo com toda essa distância.

Ele fitou meus olhos e me beijou profundamente. Como eu queria saber se ele me amava de fato, mas talvez só algum dia saberia a verdade.

Fiquei na porta de casa, olhando o carro ir embora pela rua, até virar a esquina. Ele havia partido. Meus músculos estavam tão fracos de dor, que caí no chão da porta da casa de Gio, enquanto deixava as lágrimas rolarem, sem freios. Pensava: *Foi tudo um sonho, e agora eu acordei.* Uma mulher que passava pelo outro lado da calçada olhou assustada para mim, como se eu fosse uma louca ou coisa do tipo.

Arrastei-me para dentro de casa e para o meu quarto, até que me joguei na cama, me enterrando nas lágrimas e no sofrimento. Eu estava tão exausta, que não conseguia me mover mais dali, enquanto sentia minhas pálpebras se fechando pesadamente.

26

Eu não comia mais direito nem dormia. Cada dia que passava era como se eu não mais existisse, mas me esforçava ao máximo para que meus dias fossem ocupados, sem nenhuma brecha para pensar na vida. Não queria mais ouvir nada sobre o Flight 08 nem nenhuma de suas músicas, para não me lembrar dele. Gio tentava ao máximo me animar com saídas e encontros com os amigos dela. Fui, algumas vezes, à casa de Paloma, tentando ao máximo me divertir. As aulas passavam muito rápido, e isso me deixava cada vez pior, porque sabia que agora faltava bem pouco para eu ir embora. E as noites passavam devagar, como uma dor eterna.

Um dia, estava sentada na cozinha tomando meu chá, quando escutei uma conversa entre Gio e a mãe na sala de TV.

– Papai pareceu preocupado hoje ao telefone – comentou Gio.

– Não foi nada, minha filha. – A mãe não parecia muito calma, apesar de sua resposta. – Estou preocupada com Clarisse.

– Ela vai ficar ótima, mãe. É só questão de tempo.

– O que me preocupa é que ela não parece sentir falta de sua casa.

– É muita emoção – Gio respondeu.

Naquela noite, não consegui dormir, como acontecia normalmente, quando eu sentia as dores de meu coração, até cair no sono. Não sei bem que horas eram quando o telefone da casa tocou, e, depois de um tempo, escutei a voz sonolenta da mãe de Gio.

– Alô? – pausa para ouvir a resposta. – Oi, querido. Está tudo bem? – Fez-se uma pausa muito grande. Aquilo já me deixou mais antenada ainda. – Minha nossa, querido! – A voz de Betsy estava abalada e quase um sussurro. – Ele está bem? – outra pausa. – Você está certo. É melhor para ele. Você chega amanhã, então? – pausa para a resposta. – Está bem. Tchau, querido. Cuide-se.

Ficou tudo em silêncio absoluto quando a mãe de Gio fechou a porta de seu quarto. Eu não sabia realmente o que havia acontecido, mas não era bom sinal o pai de Gio voltar antes. E me preocupava saber a quem a mãe de Gio se referira. Mark veio com tudo em minha mente naquela noite. Sonhei que ele estava preso em um poço muito fundo e eu não conseguia alcançá-lo. O poço se fechava e Mark ficou preso lá dentro. Desesperada, comecei a chorar e a gritar. De repente, escutei uma voz atrás de mim.

– Clair.

Mas o sonho se desfez no momento em que alguém sacudiu o meu braço. Abri os olhos, enxergando ainda tudo embaçado.

– Oi! – era Gio. – Você está bem?

– Estou. Por que não estaria? – meu rosto estava molhado e um suor frio escorria de minha testa.

– Tem certeza? Ouvi você gritando e chorando – ela me encarava com seus olhos claros, com desconfiança.
– Pesadelo. Que horas são?
– Ainda é cedo.
De repente, Betsy entrou no quarto com um copo de água para mim.
– Tome, querida. Está tudo bem?
– Foi um pesadelo... Desculpe se acordei vocês.
– Não tem problema, querida.
Betsy não parecia ter dormido nada na noite anterior. Ela tinha olheiras profundas e uma expressão de cansaço.
– Filha, seu pai está voltando agora do Heliporto.
– Como, mãe? Por quê? – Gio começou a tremer.
– Bom... – ela deu um longo suspiro. – Mark teve um pequeno acidente.
Meu coração parou de bater na mesma hora, e meu corpo inteiro começou a tremer. Ela continuou:
– Durante o show de Amsterdã, Mark caiu do palco e teve uma fratura no joelho e no braço direito. E está indo agora mesmo para o hospital daqui de Londres – ela logo completou, ao ver nossas expressões: – Ele está bem.
– Então os shows foram cancelados? – Gio perguntou em um fio de voz.
– Não por enquanto, queridas. David estará substituindo Mark nesses próximos dias.
Eu perdi o ar. Não sabia o que fazer, e a minha maior vontade era gritar e chorar. Assim, não contive as lágrimas por muito tempo.
– Calma, Clair. Vai ficar tudo bem... – Gio me abraçou com força.
Mais tarde, na escola, não consegui prestar atenção em nenhuma das aulas. Gio e eu iríamos visitar Mark logo em seguida no hospital. Aliás, as notícias se espalharam rápido e todo

mundo já sabia do acontecimento do show do Flight 08. Vicky, Paloma e Callie perceberam que havia alguma coisa errada.

– Clair, você está bem? – me perguntaram.

– Eu estou.

– Qualquer coisa, pode falar.

Na hora da saída, assim que o sinal bateu, eu e Gio fomos em direção ao ponto de ônibus. Quando passamos pela porta da saída, Danny me chamou, coisa que não acontecia há tempos:

– Ei, Clair!

Virei-me depressa. Eu achava que ele nunca mais fosse falar comigo.

– Oi – foi o que consegui responder.

– Você quer visitar meu primo? Eu estou indo para lá agora, de ônibus.

– Eu também estou indo.

– Podemos ir juntos? – ele me perguntou.

– Lógico.

Gio esperava impaciente do outro lado da calçada, e me perguntou:

– Vamos?

– Danny vai junto com a gente – respondi.

O antigo hospital St. Mary, em Paddinghton, no qual Mark estava internado, era uma enorme construção antiga e bem conservada, apesar da passagem do tempo. Na recepção, tivemos de preencher dados para o cartão de visita e ficamos mais de uma hora esperando, até uma enfermeira nos chamar. Ela nos guiou até o terceiro andar, em um corredor comprido, onde transitavam muitos médicos e enfermeiros apressados ou pacientes em macas.

Mark estava em um dos últimos quartos do corredor, adormecido e com a perna esquerda engessada para cima e o braço direito também enfaixado em cima do peito.

– Ele ainda está exausto – esclareceu a enfermeira, deixando a porta aberta para entrarmos. – Qualquer coisa, é só me chamar – e saiu.

Ficamos muito tempo ali em silêncio e nada de Mark acordar. Sentei-me ao seu lado na cama, para segurar a mão dele. O rosto parecia muito abatido e sem cor. Seus lábios estavam contraídos e secos.

– Como isso foi acontecer? – perguntei, mais para mim mesma do que para os outros, que estavam atrás de mim.

Gio colocou suas mãos em meus ombros, enquanto Danny falava num sussurro:

– Foi uma queda de mais de dois metros.

Fez-se silêncio de novo. Apoiei minha cabeça na cama para segurar algumas lágrimas. Aquilo estava me fazendo entrar em pânico, mas não deixei que os outros percebessem.

– Clair? – Gio murmurou. – Você está bem?

Ela também parecia preocupada. Seu rosto tinha uma expressão séria e tensa. Olhei depois para Danny, que tinha ido tirar uma soneca no sofá do quarto. Devia estar muito cansado e exausto.

– Estou – respondi.

– Eu vou lá fora ligar para Katy e já volto.

– Tudo bem...

Gio saiu com passos apressados e, logo, tudo voltou a ficar em silêncio, exceto pelo som da respiração de Danny e Mark. Abaixei minha cabeça; eu também estava exausta com a noite perturbada que tivera e, sem perceber, adormeci sentada, apoiada com a cabeça na cama.

– Clair? – ouvi alguém me chamar ao longe, mas eu não tinha força para abrir os olhos. Senti uma mão quente massageando a minha nuca. – Clair?

Comecei a abrir meus olhos devagar. Percebi que ainda estava na cama com a cabeça apoiada, e a voz de Mark ressoava em meu ouvido.

Virei-me devagar, olhando para ele. Ele não parecia tão abatido como enquanto dormia. Seu sorriso retirava aquela aparência de doente.

– Mark! – pulei com o máximo de cuidado para seu peito, sentando na beirada da cama. Ficamos nos encarando por um bom tempo.

– Onde estão Danny e Gio?

– Danny já foi. E Gio deve estar te esperando na recepção.

– Nossa! Eu dormi muito?

Ele riu com aquela risada da qual eu sentia tanta falta.

– Não. E eu acordei faz pouco tempo.

De repente, fechei a cara, pensativa. Mark percebeu minha mudança de atitude:

– O que foi?

– Como você caiu?

– Bom... Antes de começar o show, eu e os caras apostamos quem pularia a caixa de som na hora do show. Uma aposta idiota, mas enfim... Brian conseguiu na hora, mas eu tropecei e caí do palco. Foi igual à queda do Steven Tyler – ele estava bem chateado com aquilo. – Fraturei meu joelho e quebrei meu braço.

– Você vai ficar bem logo, logo – falei meio decepcionada, porque ele realmente não parecia estar dando a mínima para mim e, sim, se divertindo com os amigos. Mas, por outro lado, queria que ele ficasse bom logo e voltasse à sua vida normal. E eu também deveria voltar à minha. – Acho que preciso ir.

– Que dia é hoje? – ele perguntou.

– Hoje é sexta, 25 de setembro.

– Quando você está partindo?

– Daqui a cinco dias... – uma sensação horrível percorreu meu corpo, que começou a tremer dos pés à cabeça.
– Você ainda pensa em ir? – Mark parecia nervoso. Até mudara de expressão.
– Não é questão de pensar ou não.
– Você não percebe, né? – ele perguntou em tom misterioso.
– Fala logo, Mark! – eu ainda tremia.
– Não é uma boa hora...
– Por que você sempre faz as coisas serem mais complicadas? Você não faz ideia do quanto gosto de você e de como sofro por gostar de você! – as lágrimas saíam pelos cantos dos meus olhos. Tentava não encará-lo. – Como posso ficar, se nem sei o que você quer de mim?!
– Clair, nunca quis fazer você sofrer! – Mark olhou para baixo e depois sussurrou: – Eu sou um idiota, né?
– Talvez seja mesmo!
Saí do quarto soluçando. Uma enfermeira olhou para mim com reprovação, pedindo que eu fizesse silêncio. Fui para a recepção sem pensar em passar antes no banheiro. Encontrei Gio no celular, com uma mulher grávida sentada ao lado dela e um homem barbudo em outra poltrona.
– Clair? – ela fez uma cara de surpresa. – Você está bem?
– Sim – respondi.
– Quer ir agora na casa da Katy? Ela vai reunir algumas meninas na casa dela.
– Obrigada, Gio. Mas eu gostaria de ficar em casa hoje.
Pegamos um táxi na frente do hospital para ir para casa.
– Aconteceu alguma coisa, né?
– Hum... É, pode-se dizer que sim – respondi sem muitos rodeios.
– Me conte, Clair! Eu sou sua irmã e mereço saber!

Contei-lhe que eu me estressara com Mark e saíra sem deixá-lo falar. Gio me olhou com uma cara séria e disse, depois de ouvir a história:

– Acho que vocês precisam se entender. Se for necessário, eu vou falar com ele para parar com essas atitudes infantis e dizer logo que te ama!

– Ele não me ama, Gio. Só quer tirar proveito de tudo isso. Homem é difícil de entender...

27

Gio foi para a casa de Katy, onde ficaria até o dia seguinte. Aquela noite de sexta foi a pior de todas: tive vários pesadelos e calafrios. Ao amanhecer do sábado, eu estava doente, com febre e dor no corpo todo. Betsy chamou o dr. Bailey, o médico da família, para me ver.

– Bom, teremos de ficar de olho. Mas pelo que me parece é só uma virose. Beba muita água. Lave bem as mãos e se alimente direito.

Depois que ele foi embora, a mãe de Gio me arrumou uma jarra de água e me deixou sozinha. Isso não era bom, porque não me parecia exatamente um dia normal. Sentia uma parte de mim faltando.

Quando Gio voltou da casa de Katy, logo veio ver como eu estava.

– Não chegue muito perto de mim, Gio – avisei.
– Tudo bem. Como se sente?

– Obviamente, péssima!

– Você vai melhorar! Estou indo agora ver Scott, que voltou hoje de Amsterdã.

– Dê um oi para todos, por mim.

– Pode deixar. Tchau, Clair!

Gio estava toda entusiasmada, pois iria, em menos de alguns minutos, ver o namorado, enquanto eu estava de cama e Mark, também.

No dia seguinte, falei com meus pais, e eles decidiram que era melhor eu permanecer ali, até melhorar para voltar. Aquilo me deixou mais triste ainda, mas fingi que achava certo também. Foi cancelada minha passagem de volta sem data definida.

Fiquei a semana inteira sem ir à escola, só dando trabalho para a mãe da Gio, quando já deveria estar em casa. Minhas amigas não acreditaram que eu tivesse ficado doente justo no momento de retornar. Paula falou que eu estava sendo esperta de não voltar. Esperta nada, idiota! Primeiro, porque não podia fazer nada, o que me deixava desesperada. Mark não estava nem aí comigo, sem me mandar mais mensagens – sendo que até o Danny perguntava como eu estava –, mas não podia culpá-lo, uma vez que estava em uma situação parecida com a minha.

O dr. Bailey vinha me visitar frequentemente e sempre falava que logo eu ficaria bem. Pelo menos, a febre havia abaixado e a tosse, diminuído.

Quando acordei no sábado, que achei que seria um dia como qualquer outro, percebi uma movimentação estranha e vozes na frente da casa – entre as quais, uma voz conhecida e rouca, que fez meu coração dar um salto. Olhei meio sonolenta pela janela, com o cabelo todo emaranhado. Meu coração deu um salto duplo quando vi uma cabeça com cabelos castanhos surgir em uma cadeira de rodas: era ele, Mark! Scott estava junto.

Fui correndo me arrumar, até que Gio entrou no meu quarto.

– Clair? – ela me chamou.
– Estou aqui!
– Você não sabe quem está aqui!
– Eu sei! – quase caí ao enfiar a blusa pela cabeça. – Quando ele saiu do hospital?
– Ontem – Gio respondeu.
– Por que não me avisou? Será que sou sempre a última a saber das coisas?
– Ele que pediu.

Dei uma olhada no espelho do meu banheiro. Meu cabelo não estava cooperando nada com a escova, mas de resto estava bem. Coloquei uma blusa azul-marinho e um jeans básico, além de meus brincos favoritos.

– Está linda, Clair! – me elogiou Gio, enquanto me observava no pequeno espelho antigo do banheiro.

Desci apressada, com Gio atrás. Mark e Scott estavam na sala de TV conversando com o pai de Gio.

– David está se saindo bem, mas espero voltar logo – Mark comentava em sua cadeira de rodas.

Quando eu e Gio entramos, todos os olhos se viraram para nós.

– Bom dia, Clair! – cumprimentou o pai de Gio, todo alegre. – Como se sente hoje?

– Bem melhor – respondi, olhando para Mark, que me olhava com um sorriso tímido.

– Oi, Clair – cumprimentou Scott, sorrindo.

– Nós vamos deixar vocês dois conversarem – Gio falou, puxando Scott para junto de si. – Vejo vocês depois!

Sentei-me no sofá, ao lado da cadeira de Mark, que sorria, ainda meio pensativo.

– Como você está? – perguntei cautelosamente.

– Bem. Estou me sentindo bem melhor longe do hospital – ele sorriu. – E você?

– É... Estou melhorando.

Um longo silêncio se estabeleceu entre nós. Quando ia, finalmente, iniciar uma frase, ele também teve a mesma intenção.

– Fala você – ele pediu.

– Quero te pedir desculpas por aquele dia no hospital. Eu estava muito nervosa

– Não precisa – Mark me cortou. – A culpa foi minha... – olhou para baixo e continuou: – Eu queria ter te falado como você está fazendo minha vida ficar diferente. E que não sei como é ficar longe de alguém que vive em outro hemisfério. Eu não me abro com qualquer um. Com você é diferente.

Aquelas palavras tiraram um peso de dentro do meu coração. Aproximei-me de seu rosto e dei um beijo em seus lábios, ao qual ele retribuiu com a mesma intensidade.

Aquela tarde foi agradável, embora eu sentisse algo estranho no ar, como uma tristeza indecifrável e sem razão de ser. Mark, Gio, Scott e eu estávamos assistindo a um filme, quando a mãe de Gio entrou na sala:

– Clair, seus pais querem falar com você.

Dirigi-me até o telefone. Do outro lado, percebi a voz de minha mãe cansada e preocupada.

– Aconteceu alguma coisa, mãe?

Minha mãe ficou em silêncio.

– Mãe?

– Filha, sua prima, a Carol, faleceu.

– Quê?! – tive a sensação de que meu coração parava de bater, enquanto uma agonia rasgava o meu peito, provocando-me uma forte dor. – Como assim, mãe? Quando foi isso e por quê? – Minhas lágrimas caíam sem controle, acompanhadas de soluços altos de desespero.

– Clair? – Gio saiu rápido da sala de TV e veio me consolar.

A mãe de Gio trouxe imediatamente um copo de água para mim, como se já esperasse a minha reação.

– Aconteceu ontem. Mas achei melhor você saber depois. A Carol teve um ataque cardíaco quando voltava da faculdade com os amigos – ouvia indistintamente as palavras de minha mãe chegando de muito longe. – Mas a tia Sofia está bem e...

Não sentia mais minha cabeça, nem meu corpo, apenas que voava direto para o chão, em uma velocidade razoavelmente rápida.

Abri os olhos devagar. Meu corpo estava enrolado em uma manta e Mark estava ali me observando, sentado na sua cadeira de rodas.

– Clair... – ele falou baixo. – Eu sinto muito.

Eu me levantei um pouco e logo me lembrei de tudo que tinha acontecido. Minha prima mais velha de primeiro grau havia ido para além da vida terrena. Meus olhos se encheram de lágrimas. Mesmo acreditando em vida após a morte, o fato é que eu nunca mais a veria no plano físico. Fui tomada por outro ataque de soluços. Mark me fez colocar minha cabeça deitada em seu colo, afagando minha nuca, e depois beijou minha testa.

– Ela está bem, Clair – Mark falou baixinho em meu ouvido.

De repente, Gio e Scott entraram na sala.

– Clair, sua mãe está ao telefone – Gio estava com ar de choro, pois chegara a conhecer minha prima no Brasil. Ela vivia indo em casa nos finais de semana. – Você está melhor?

– Estou.

Levantei-me e fui atender ao telefone.

– Filha, como você está se sentindo?

Comecei a chorar um pouco, mas logo me controlei para não perder as palavras.

– Eu vou ficar bem – menti para ela.

– Tem certeza, Clair? Estou pensando em ir te buscar aí. Seu pai e eu estamos muito preocupados com você.

– Não é nada sério, mãe! É só uma virose.

– Seu pai já está agendando o voo para este final de semana.

– Não! – respondi abruptamente.

– Como?

– Não sei se quero voltar...

– Você estava querendo tanto voltar... – senti a voz de minha mãe falhar.

– Desculpa, mãe. Mas eu não sei o que será de mim se voltar agora. Nunca me senti tão em casa. Isto é, se eu não puder ficar aqui na casa da Gio, talvez possa achar outra casa.

– Nada disso. Você vai voltar como combinado. E agora precisamos da família toda reunida durante esta passagem difícil.

– Mãe, tenho certeza de que a Carol iria gostar se eu ficasse mais. O sonho dela sempre foi morar na Inglaterra, e é por ela que quero permanecer aqui. Estou tão feliz; sinto como se agora ela estivesse comigo em Londres. Não posso deixar uma experiência dessas ficar como uma tragédia, mas sim como um renascimento.

Minha mãe ficou quieta do outro lado da linha, como se minhas palavras estivessem ecoando, fazendo sentido.

– Minha filha está amadurecendo! – ouvi sua voz de emoção e orgulho. – Como posso ter presente maior?

– Vou fazer o possível para as coisas não darem errado, mãe – Eu sofria ao pronunciar cada palavra. Sentia muito nítida a perda de minha prima. Queria estar com minha família, mas, ao mesmo tempo, alguma coisa dentro de mim se negava a isso.

Movia-me uma vontade enorme de seguir em frente naquilo que começara.

Antes de minha mãe conversar com Betsy, me disse que eu deveria pedir desculpas a ela. Quando me desculpei com a mãe de Gio, ela retrucou que não tinha do que me desculpar. Gio, que ouviu minha conversa, logo veio me perguntar, quando entrei na sala:

– Você vai ficar mais?

Os meninos se olharam sem entender; aliás, eles não falavam português.

– Se você me aceitar como irmã.

– Lógico! – Gio me abraçou. – Você foi minha única irmã e sempre será! Mas e sua família, e sua prima?

– Não quero terminar o que comecei desse jeito. Principalmente, porque minha prima nunca iria aprovar isso – olhei para Mark, que estava desconcertado com nossa conversa metade em português, metade em inglês. Scott também deveria estar.

– Ela vai ficar mais! – Gio virou-se para os dois, entusiasmada. – Vem, Scott!

Gio percebeu que eu e Mark queríamos alguma privacidade. Ficando a sós, Mark me puxou para a sua perna boa, onde me sentei. Olhamo-nos por um bom tempo, e notei que seus olhos estavam mais azuis que o normal. Ele me beijou e ficamos um tempo assim, em silêncio.

– Ela vai te ajudar a ficar bem, e a mim também – Mark falou, enfim, e me deu o seu sorriso torto mais lindo.

Jantamos todos juntos, fazendo uma oração para minha prima. Cheguei a sentir sua presença ali entre nós, sua alegria, que sempre emanava para todos os lados. Eu só sorria, me esquecendo da sua perda.

Quando Mark e Scott se levantaram para ir embora, fiquei aflita, mas Mark prometeu que iríamos nos ver logo.

Minha prima Caroline, dezenove anos. Ela era como minha irmã mais velha, que me aconselhava quando mais precisava ou fazíamos farra juntas. Minha prima mais querida e amiga tinha ido para outro plano – um lugar onde as coisas são compreendidas em sua totalidade; um lugar onde há um amor que poucos conseguem sentir em sua existência terrena: um amor incondicional; onde podemos construir novos destinos, com novos objetivos para nossas próximas dificuldades e aprendizados.

Todos achavam que eu não estava muito bem, mas prefeririam não me contradizer, com medo de que pudesse piorar minha saúde, ainda muito abalada pela virose. Meus pais me apoiaram muito em minha decisão de ficar. Minha mãe acreditava, mesmo, que eu deveria continuar minha caminhada quando lhe contei de Mark e de todas as coisas que vinham provocando mudanças na minha vida. Uma delas era minha determinação de alcançar um objetivo que sentia fazer falta no meu ser.

Sem melhorar, faltei vários dias à escola. Um dia, ao me visitar, o dr. Bailey diagnosticou mais do que uma resistente virose: eu estava com uma pneumonia leve, mas que deveria ser tratada o mais rápido possível. Assustados, os pais de Gio ligaram para meus pais. Naturalmente, eles ficaram preocupados, mas eu os acalmei, dizendo que logo ficaria boa. Mas, no fundo, eu mesma estava aterrorizada com o que poderia vir a seguir.

Mark vinha me visitar frequentemente e sempre me falava uma frase confortadora, como: *Não se preocupe, Clair. Você está ótima a cada dia que te vejo.*

Conversávamos muito sobre minha prima e, ao mesmo tempo que isso me deixava para baixo, eu sentia uma coisa poderosa e divina – como se ela também estivesse ali entre nós.

Era um sábado, e eu já estava melhorando, após duas semanas difíceis da perda da minha prima. Estava deitada no colo de Mark, contra seu peito, enquanto seus braços me protegiam, um ainda enfaixado. A perna com a bota ortopédica já se mexia com mais facilidade.

– E se tudo isso não existir, Mark? – perguntei, de repente, enquanto assistíamos a um programa na TV, ao qual, na verdade, nem prestávamos atenção. – Essa história de depois da morte?

– Clair, isso existe, e você sente isso em seu interior – ele me respondeu, sorrindo. – Sabe, o mais importante é você acreditar mesmo e não só ter palavras vazias – falou, sério.

– Vou aprender a acreditar mais...

– Não desconfie, Clair. É por isso que você é tão desconfiada de tudo – ele brincou, mas disse uma grande verdade a meu respeito.

– Mas eu sou mesmo... Queria poder mudar isso.

– E você pode.

– Será?

– É claro que sim.

Fiquei refletindo por um bom tempo depois que Mark foi embora. Se somos nós os responsáveis por nossos sentimentos e ações, então eu podia deixar de ser uma menina desconfiada e insegura, e mudar a minha percepção sobre as coisas e, além, sobre o mundo. Podia mudar minha vida para uma nova página e degrau. Isso não seria de uma hora para outra, mas com o tempo. E era isso que queria naquele momento tão esperado: uma mudança!

28

Outubro começava e, com ele, o frio. Eu já estava novamente forte e com disposição para o dia a dia. Curei minha virose, mas logo depois a mãe de Gio a pegou. Por isso, Gio tinha que ficar cuidando dela e não saía muito de casa nas horas que não tínhamos aulas.

Mesmo com o frio, eu conseguia aproveitar ao máximo com Vicky e Callie. Nós saímos muito para *pubs* e cinema durante a semana. Fui com Callie a um restaurante de comida indiana que não conhecia. Eu diria que comida indiana é, obviamente, diferente.

Ainda sentia uma dor forte no peito quando me lembrava de Carol, e andava com meu emocional muito sensível. Mas minha mente estava determinada a conseguir superar a dor e manter o objetivo mais alto do que suscetível a qualquer emoção.

No primeiro sábado de outubro, fui para Friern Barnet para ver Mark, que já havia tirado o gesso do braço e só estava com a bota ortopédica na perna.

Uma menina loira abriu a porta da casa dos meninos. Ela lembrava uma boneca, com seus olhos castanhos caídos e um nariz pequeno e achatado.

– Oi – cumprimentei. – Mark está?

– Você deve ser a Clair – ela me encarava com seus olhos penetrantes e fundos.

– Sim – respondi.

Logo atrás dela apareceram Anthony e Danny, que me cumprimentaram e me apresentaram à garota.

– Clair, esta é Julia. Julia, esta é Clair.

Ela sorriu para mim em sinal de cumprimento. Então, aquela deveria ser a tal Julia a quem Mark se referira ao telefone? Quem seria ela? E o que ela tinha com o Mark?

Encontrei Mark na cozinha tomando café. Estava com o cabelo todo bagunçado e um moletom xadrez que eu adorava. Sorriu assim que me viu.

– Oi, Clair!

– Oi, Mark – respondi com um sorriso, e dei um selinho em seus lábios. – Como está a perna?

A perna estava esticada em cima de um banquinho com a bota de gesso.

– Melhorando. Meu braço já está quase normal. Daqui a pouco volto para a rotina – ele me deu um sorriso.

– Vocês não vão mais para Nova York?

– Não mais. Agora só quando tiver outro show do The Bravery. E você?

– Eu? Ah... Eu estou bem.

Ele me olhou com seus olhos azuis curiosos e profundos, o que me deixou muito sem jeito.

– O que foi, Mark?

Ele deu um sorriso e disse:

– Só vendo como você está gata.

– Que conversa mais piegas! – ri e me sentei na cadeira ao seu lado.
– Scott está fascinado com a bossa nova – falou, balançando a cabeça. – Nunca o vi tão fascinado. Disse que quer ir ao Brasil.
– Que legal! E, por acaso, o senhor não está?
– Não – ele começou a rir, mas logo parou quando viu minha cara fechada e ameaçadora. – Estou brincando. Eu quero ir para o Brasil também.

Mark pegou minha mão e me puxou para o seu colo, enquanto dizia em meu ouvido:
– É óbvio que eu estou mais fascinado por você do que por uma música.

Fomos depois para a sala, onde estava a tal da Julia sentada no canto do sofá assistindo à TV. Danny e Anthony conversavam sobre esportes. Quando passamos por Danny, para irmos sentar no terraço, ele me olhou com ar de reprovação. Achava que eu tinha ficado com ele somente por interesse e mais nada, o que me deixava triste. Mas como mandar em meu coração?

– Mark, acho que Danny não está gostando da minha presença por aqui...
– Não é com você. É comigo – ele respondeu, sério. – Por eu estar aqui com você.
– E quem é essa Julia? – quis mudar de assunto. O que eu tinha feito com Danny era imperdoável e me machucava muito.
– Minha prima.

Então, ela era a prima dele. Isso soava muito melhor do que se falasse é *apenas uma amiga*.

– Ela vai ficar um tempo aqui e depois volta para a Irlanda. A Julia mora lá.

Senti um alívio no meu coração, enquanto tentava racionalizar por que ter ciúme antecipado de alguém – só trazia sofrimento e dor.

Danny foi embora antes da hora do almoço, pois tinha treino de futebol e estava atrasado. Mark preparou uma lasanha sozinho, que não ficou muito boa, mas valeu a intenção. Scott e Brian ficaram zoando Mark.

A tarde transcorreu tranquila e chuvosa. Scott foi visitar Gio e até me perguntou se eu queria carona para voltar, mas lógico que não quis. Assistimos a alguns filmes e isso me deixou com sono; assim, dormi a tarde inteira no colo de Mark. Era tão protetor, confortável e quente, que não tive nem vontade de levantar quando Mark me chamou para o jantar.

O jantar foi sanduíche com frios, que Scott tinha trazido do Tesco, depois de visitar Gio. Eu não estava com muita fome, mas Mark me fez comer, porque disse que era preciso, para não ficar fraca.

Todos voltaram para a TV e assistimos a mais alguns filmes. Aquilo me deixava entediada, por isso dormi de novo no colo de Mark.

Acordei no quarto de Mark. A casa estava quieta e podia perceber que já devia ser bem tarde. Eu devia ter dormido demais, só para variar. Abri a porta do quarto, avancei pelo corredor silencioso, desci as escadas e encontrei o abajur da sala acesa e Mark sentado no sofá, pensativo, assistindo TV.

– Mark? – chamei sua atenção.

Os olhos azuis se voltaram para mim, assustados.

– Clair!

Eu me aproximei dele e me sentei na ponta do sofá.

– Que horas são?

Ele olhou em seu relógio de pulso e respondeu:

– Uma da manhã.

– Putz... Dormi demais. Por que você não me acordou? – perguntei, irritada.

– Não tive coragem de te acordar – ele deu de ombros.

– Mas o que vou dizer para a mãe da Gio amanhã?

– Fique sossegada. Já falei com ela – Mark respondeu com a maior calma do mundo.

– Mas eu faço questão de que você durma na sua cama, e não no sofá – retruquei. Ele fazia as coisas parecerem tão fáceis, que acabava me deixando mais irritada.

– Não precisa ficar nervosa. Eu achei que você fosse ficar agradecida, mas acho que me enganei.

– Estou grata, sim, mas não acho justo você dormir no sofá. Se você não quer que eu fique aqui, podemos fazer o seguinte: sua cama é grande o suficiente. Acho que dá para a gente dividir, se ficar bom para você.

– Se você não se importar, eu divido – ele sorriu para mim.

Fiquei meio sem jeito com Mark ao meu lado na cama, mas, ao mesmo tempo, era muito reconfortante ouvir sua voz rouca e baixa em meu ouvido, fazendo cócegas. Dava-me uma paz e uma vontade de nunca mais sair dali.

– Minha lasanha ficou tão ruim assim? – ele estava bem chateado com o almoço que tinha feito.

– Olha, vou dizer que podia não estar bom para os outros, mas para mim foi surpreendente. Nunca imaginei que você pudesse cozinhar. Foi um sonho para mim! – eu sorri, olhando de lado para ele no escuro.

– Ainda acho que você é mais surpreendente – ele retribuiu o sorriso, passando o braço pelas minhas costas e me puxando contra seu peito.

Pude sentir seu cheiro e ouvir sua respiração no silêncio. Ele passou os dedos em meus cabelos, o que me causou um arrepio na nuca. Eu olhei diretamente para seus olhos azuis e, mesmo no escuro, podia ver o brilho deles cintilando para mim. Ele me puxou e me beijou profundamente, os lábios tocando os meus com intensidade. Tudo foi ficando mais intenso, e eu não conseguia controlar o meu corpo. Quando Mark colocou a mão por sob a minha blusa, meu coração acelerou forte, e me afastei dele bruscamente. Queria deixar bem claro que eu não estava preparada ainda. Ele olhou para mim, que havia sentado na beirada da cama.

– Eu te fiz alguma coisa, Clair? – ele perguntou, cauteloso.

– Não – fiz uma pausa grande. – Eu estou com medo.

Mark sentou-se ao meu lado, tomando cuidado com a perna quebrada.

– Clair – ele passou a mão pela minha cintura, o rosto bem perto do meu –, você não precisa fazer o que não quer.

– Não estou falando que não quero fazer... – estava confusa.

– Você tem certeza? – percebi que ele estava desconfiado.

– Tenho – falei baixinho em seu ouvido, colocando minhas mãos em sua nuca. Quando o beijei com firmeza, ele retribuiu.

29

Foi a minha melhor noite e, ao mesmo tempo, a mais tensa de todas durante meus dias na Inglaterra. Primeiro, porque eu estava perdidamente apaixonada e, segundo, porque não era mais virgem. Eu não me senti nada constrangida quando fiquei nua na frente de Mark; aliás, me senti protegida e amada por ele. Acho que toda menina tem o direito de ficar constrangida e com medo na primeira vez. Isso não quer dizer que seja medrosa, mas mostra, sim, sua insegurança de não se sentir amada pelo cara. Mas, quando você sente que é amada, toda aquela insegurança desaparece como mágica.

Acordei naquela manhã em um quarto diferente: o do Mark. A luz fraca do sol refletia na cortina, anunciando que já devia estar amanhecendo. Sorri para mim mesma quando olhei ao meu lado e vi Mark adormecido com um braço em cima da minha cintura. Eu permaneci ali um tempo, olhando o sol surgir com força no horizonte. Decidi levantar bem devagar, sem acordar Mark, e saí do quarto.

Embora estivesse uma manhã nublada e fria – o que podia parecer triste –, para mim era como se estivesse ensolarada e quente. Nenhum dos meninos tinha acordado ainda. Assim, resolvi tomar café da manhã sozinha. Sentada ali, nunca me senti tão dona de mim mesma. Aliás, quando nos sentimos livres e donos de nós mesmos sempre aparece um desafio maior depois, e foi assim que aconteceu comigo.

Quando Mark acordou, estava todo preocupado em saber se eu estava bem. Disse que estava. Mas senti que havia alguma coisa de errado com ele; parecia triste e cansado ao me perguntar:

– Quer que eu te leve para casa?

– Tá, tudo bem – respondi, embora no fundo o que eu mais desejasse era poder ficar com ele o dia inteiro. Mas ele não parecia muito a fim de ter minha companhia, pelo menos não naquele momento.

No caminho para casa, permaneci em silêncio, esperando Mark falar alguma coisa, mas ele também estava mudo. Só na hora que parou na frente de casa é que me puxou e me beijou, mas nada de conversa. Eu estava tão travada, que não consegui falar nada quando o carro partiu pela rua, até desaparecer quarteirão afora. O que estava acontecendo? Naquele momento, passaram várias coisas pela minha mente: desde que Mark não estava mais a fim, até que eu era uma idiota por acreditar em um cara que conhecia há poucos meses. Mas, falando sério, não vale a pena ter pensamentos precipitados e negativos – já falei antes e repito.

Aquela manhã de domingo foi bem travada. Aliás, eu sentia tantas emoções juntas, que não conseguia decifrar qual era a predominante. Queria chorar, gritar, brigar, me lamentar, que nem sei descrever em palavras.

Gio, assim que acordou, entrou em meu quarto, encontrando-me jogada na cama.

– Bom dia! – ela me disse toda animada, até olhar para mim. – Como foi ontem? E Mark?

– Foi legal... e ele está bem.
– Não parece ter sido, pela sua cara... O que aconteceu?
Só de ela me perguntar o que aconteceu, já estava chorando. Gio veio e me abraçou com força.
– Me conte desde o começo. O que foi?
Eu hesitei um pouco antes de começar a falar:
– Bem, em primeiro lugar... – fiz uma longa pausa, enquanto olhava para a expressão curiosa de Gio – ... não sou mais virgem... Aconteceu.
– Que demais, Clair! – Gio me deu um largo sorriso, comemorando. – Como foi? Quero saber de tudo! Como você está se sentindo? – suas várias perguntas estavam me deixando tonta.
– Eu não sei. Ele estava muito estranho agora de manhã. É isso que está me deixando mais confusa sobre os meus sentimentos.
– Clair, relaxa. Mark é assim mesmo – Gio não me convenceu com *Mark é assim mesmo*. Soou aos meus ouvidos como se eu fosse apenas mais uma na vida dele.
– É... – respondi sem o menor entusiasmo.
– Vem, Clair! Vamos fazer alguma coisa divertida! – Gio me puxou da cama e eu a segui.
Foi a melhor coisa que Gio poderia ter sugerido, porque me diverti muito com ela. Como a sua mãe não estava ainda muito bem, fizemos algumas compras para a casa no supermercado próximo. Depois fomos até a Brompton Road, onde há a conhecida loja Harrods. Encontramos, por acaso, Danny e Max indo ao McDonald's almoçar.
– Ei! Vocês por aqui! – exclamou Gio quando os encontramos.
– Oi – Danny deu um sorriso meio forçado.
Ele se esforçava para se relacionar comigo. Embora eu tenha tido uma queda por ele, principalmente quando o via, estava longe de ser como meus sentimentos pelo Mark – que

sempre foram muito mais intensos. Com Danny, era apenas uma vontade passageira e nada mais.

Mas não deixei de notar que Danny tinha alguma coisa a mais em seu olhar, alguma inquietação que parecia incomodá-lo quando seus olhos encontravam os meus.

– Estamos indo almoçar no McDonald's – Max sorria, radiante e todo orgulhoso de si mesmo, ao nos fazer o convite: – Se vocês quiserem, podem vir com a gente.

Gio não pensou duas vezes e topou. Eu não estava nem um pouco a fim de comer olhando para a cara de Danny, mas, ao mesmo tempo, preferia almoçar com eles do que voltar para casa.

Na mesa, Danny sentou-se do meu lado e Gio na minha frente, com Max na diagonal. Foi divertido porque Danny me tratou como se nunca tivéssemos brigado, e Max estava todo alegre e sem a sua natural arrogância – embora, às vezes, ela transparecesse um pouco em suas expressões.

Depois de sair do Mac, resolvemos dar uma volta pelo Hyde Park. Acabamos encontrando Dayse e Jane, junto com uma menina ruiva mais velha, que me pareceu familiar.

– Oi, Gio! – elas cumprimentaram a Gio e, em seguida, me deram um oi desanimado.

Dayse começou a puxar assunto com Danny sobre alguma festa que havia acontecido e queria saber por que ele não tinha ido. Gio começou a conversar com a menina ruiva, que se chamava Julia. Quando ela falou que tinha ido para a Croácia há um mês, fiquei paralisada, com uma sensação de *déjà vu*. Eu já vira aquela menina na casa de Mark, quando estava começando a ter as tais aulas com ele. *Ela* era a ruiva de quem Mark se despedira naquela tarde. Tudo começava a fazer sentido em minha mente, e milhares de dúvidas tomaram conta de mim.

– Clair, vamos no quiosque do lago! – Gio me tirou dos meus pensamentos.

Fomos até o quiosque, que era uma tenda com vários bancos e a represa The Serpertine logo à frente. Eu me sentei, Jane se sentou na minha frente e perguntou, me encarando:
– Está tudo bem?
– Tudo ótimo! – sorri para disfarçar.
Fiquei quieta no meu canto, escutando a tal Julia contar sobre a sua viagem, fumando um cigarro após o outro, como os demais. Eu era a única fumante passiva. Viajava em meus pensamentos, até que, de repente, ela se virou e me perguntou:
– Você é a namorada do Mark, né?
Eu a olhei, assustada. Não esperava uma pergunta tão direta, e todos me encaravam. E o pior é que Danny estava ali sentado ao meu lado, me encarando também, o que me deixava ainda mais sem jeito.
– Bom... amigos – respondi timidamente.
Ela me encarou com seus olhos claros e disse:
– Só para saber.
Eu estava achando aquela situação bem desconfortável, sentada naquela mesa. Mas, ao mesmo tempo, quando as meninas se levantaram para dar uma volta, não estava muito a fim de andar e ser alvo de olhares de reprovação delas, que me observavam a cada movimento que eu fazia.
Fiquei ali um bom tempo, sozinha, olhando as outras pessoas à minha volta. Um casal, a mais ou menos umas três mesas de distância de mim, me chamou a atenção pelos olhares de paixão explícita que trocavam. Mas era mais do que somente paixão; era amor que transparecia. Comecei a pensar mais ainda em Mark e em como era complicado ficarmos juntos assim, como um casal apaixonado. Ao pegar meu iPhone para ligar para ele, percebi que o esquecera em casa. Alguém me chamou.
– Ei, Clair! – era Danny. Estava parado e me olhando com um sorriso meio tímido, que de relance me lembrou o de Mark.

Ele se sentou ao meu lado e ficou um breve tempo olhando o lago, até se voltar para mim.

– Eu estou há um tempo querendo falar com você – ele falava de modo hesitante, enquanto fitava o lago. – Não sei como é para você... mas eu me arrependi muito de termos brigado daquele jeito. Eu não deveria ter te forçado a nada, e sei que você gosta muito do meu primo, assim como nunca vi o Mark gostando tanto de alguém desse jeito. Mas eu continuo gostando muito de você e queria que me perdoasse.

Eu sabia como deveria estar sendo difícil para o Danny expor seus sentimentos, uma vez que, normalmente, na Inglaterra tudo precisa ser perfeito, incluindo uma imagem perfeita aos olhos dos outros. Ele parecia não estar aguentando passar uma imagem negativa para mim.

– Danny, é muito bom ouvir tudo isso.

Eu estava mesmo achando maravilhoso ouvir alguém falando de seus sentimentos. Isso diminuía a minha sensação de ser uma problemática, cheia de emoções e sentimentos, que se expressava em exagero.

– Você não me forçou a nada. E fui eu quem te fez sofrer – respondi com sinceridade. – Eu não sabia o que fazer...

Nem terminei a frase. Danny estava tão perto de meu rosto, que podia sentir seu cheiro de colônia masculina. Logo, seus lábios tocaram os meus e sua mão se apoiou em meu joelho. Quando me dei conta, já tínhamos nos beijado. Eu estava tão travada, que não consegui me afastar de imediato.

– Não dá, Danny.

– Eu sei... Mas eu te amo – sussurrou ele, ainda com a mão no meu joelho, os olhos baixos.

Meu estômago se contraiu com aquelas palavras e minha respiração ficou curta e rápida. Eu não queria machucá-lo de jeito nenhum, mas também não queria ir contra os meus sentimentos.

— Danny, tenho certeza de que você vai encontrar uma menina que vai te merecer muito mais do que eu.

— Você pode ter razão. Mas a maioria das meninas só olha para mim por causa do meu primo.

— Isso é uma indireta para mim, eu sei.

— Não, Clair. Desde a primeira vez que te conheci, achei você diferente. Assim como você também é diferente para o meu primo. Não é como as outras meninas, que ficam só por interesse e tietagem: está na sua atitude. Você é que precisa me perdoar porque, por mim, já está perdoada – Danny me encarou com seus olhos claros e vibrantes e, depois, novamente voltou a olhar para o lago, terminando num sussurro: – Sei que já perdi minha chance.

— Eu te perdoo, Danny.

Abracei-o com força. Como estava sendo bom conversar com ele, esclarecer tudo! Sentia-me bem mais aliviada. Mas sabia que a amizade não seria mais a mesma de antigamente.

Escutei Gio me chamando ao longe, com as meninas e Max ao lado. Afastei-me de Danny e falei:

— Tenho que ir. A gente se vê amanhã. Tchau!

O pessoal se aproximava do quiosque e, como sempre, Dayse me encarava com reprovação, depois de olhar também para Danny. Eu a encarei em resposta.

Eu e Gio nos despedimos de todos e fomos andando para casa. O sol já se punha às quatro horas da tarde. As ruas estavam muito lotadas com turistas e ingleses, além de muito barulho do trânsito de carros e de pessoas falando em celulares ou conversando umas com as outras.

— Que Danny mentiroso! Falou que tinha de voltar para casa, mas foi conversar com você – Gio estava muito curiosa para saber o que tinha acontecido. – Ele ainda não desistiu de você, hein? Que abraço foi aquele?

– Ele estava se despedindo – menti. Não estava muito a fim de contar tudo, porque nem sabia bem o que havia acontecido, tampouco o que falaria para o Mark.

Quando chegamos em casa, quis logo ir para meu quarto pegar meu celular, esquecido ali. Havia várias chamadas perdidas e uma mensagem de Mark: *Clair, estou tentando te ligar, mas só dá caixa postal. Você está bem? Por favor, me responda.*

Ele parecia mesmo estar muito desesperado, pela quantidade de chamadas. Nem pensei duas vezes e liguei para Mark. No primeiro toque, já escutei sua voz rouca.

– Oi. Onde você está? Estou tentando te ligar há um tempão...

– Desculpa. Eu esqueci meu celular em casa.

– Como você está?

– Estou bem, e você?

– Também. Eu queria saber se você quer ir a um show comigo na quarta.

– Lógico! Por que não? Isto é, preciso ver se posso ir!

– Não é bem um show... São uns amigos meus que vão tocar em um bar no Soho, o The Edge. Acho que Scott já deve ter chamado a Gio.

– Vou ver e já te ligo, pode ser?

– Lógico.

Fui na mesma hora falar com a Gio, que estava discutindo com a mãe.

– Caramba! Eu NUNCA saio com Scott na semana!

– E quem mais vai estar lá?

– A Clair! – Gio se virou para mim. – Você vai querer ir, né?

– Bom... – eu fiquei paralisada. Não sabia se era um momento apropriado para interromper. – Eu gostaria, sim.

– Viu? Deixa, mãe!

– Está bem. Eu deixarei com uma condição: vocês voltam antes das dez.

– Ótimo! – exclamou Gio, dando um abraço apertado na mãe.

Antes de irmos nos deitar, Gio e eu ficamos conversando no quarto, e ela acabou me contando uma coisa que eu não esperava ouvir, mas que já pressentia que iria acontecer.

– Clair, preciso te contar uma coisa. Não que seja sério, mas acho importante você ficar ligada. Como sabe, Dayse não gosta de você e as outras também não. Bom, só quero te falar que elas estão fazendo uma aposta de quanto tempo vai durar... o seu namoro com Mark.

– Que coisa mais idiota! – o sangue já subia à minha cabeça.

– Na verdade, elas não me contaram, mas deram a entender que há uma aposta rolando entre as fãs, no *site* das fãs deles – continuou. – Pelo jeito, eu não quero te magoar e acho que isso está muito errado, mas as fãs têm uma votação de quanto tempo esse namoro vai durar.

Antes que eu pudesse manifestar minha indignação, ela prosseguiu:

– Calma, Clair. Estou aqui para te falar que já passei por isso e não foi nada legal. Bem, primeiro porque, desde então, nunca mais tive amigas confiáveis – Gio fez uma cara de choro e preocupação sentada em sua cama.

– Você nunca me contou isso... – olhei desconcertada para ela.

– É uma longa história... Eu nunca confiei em nenhuma das minhas amigas desde que conheci Scott. Mas em você, Clair, sei que posso confiar, pois é a minha melhor amiga, mesmo que às vezes não pareça – ela fez uma pausa. – Quando conheci Scott, eu tinha doze anos e ele, quinze. Como já te contei, na primeira vez que eu o vi, ele estava no estúdio assistindo ao ensaio da gravação do CD do Crush, como conhecido de James. Na época, eu tinha uma "paixão" pelo James, do Crush, mas era muito tímida para falar com ele. Sofria de amor platônico e tampouco falava com Scott, por ser cega. Scott apareceu, realmente, na minha vida em um dia em que estava muito triste, porque meu pai fez uma festa-surpresa de treze anos para mim, aqui em casa, que incluía uma apresentação do Crush. Eu estava adorando tudo, todos me tratavam muito bem e sempre na minha vida me senti como se fosse muito especial para os outros, até ter um tal jogo de verdade e desafio. Foi aí que percebi como eu era só uma ponte para meus amigos se sentirem no mundo da fama. Bem, a Dayse foi a escolhida para dar um selinho em quem ela quisesse da banda e ela escolheu o James, sabendo muito bem que eu era "apaixonada" por ele. Recordo-me perfeitamente da malícia em seu olhar quando escolheu James, uma vontade de provar o quanto era melhor do que eu.

Eu ouvia com atenção a história de Gio, que até então desconhecia.

– Eu estava no estúdio, uma semana depois de tudo isso. Tinha vontade de fugir deste mundo em que meus "amigos" estavam mais interessados na Dayse, que tinha dado o tal selinho em James. Scott tinha dezesseis anos e havia conseguido um trabalho temporário como estagiário nessa época. Estava fazendo minha lição de casa, sentada no estúdio, quando Scott apareceu e conversamos direito pela primeira vez. Ele foi tão atencioso, que não pude deixar de notar sua sinceridade. Contei para ele sobre o James e de como eu estava chateada com a Dayse. Naquela época, nunca contaria isso para um menino, mas com ele era diferente. Daí, nossa amizade só cresceu e começamos a namorar quando eu tinha catorze e ele, dezessete. Minha mãe nunca gostou disso, porque tinha, e até hoje tem, medo de que eu acabe grávida. Ela sabe que não sou mais virgem. Mas, no fundo, ela gosta do Scott, porque já me confessou. Porém, o que quero te falar é que não deixe que essas meninas ocupem muito tempo da sua vida aqui, e principalmente por causa de ciúme do Mark. Porque ele gosta de você, e muito. Nenhuma Dayse pode atrapalhar; seja lá o que ela queira aprontar, eu estarei aqui para te ajudar. E eu nunca fui amiga dela nem da Jane; elas são só colegas. Já Katy e Roxy são mais confiáveis, ainda assim não cem por cento.

– Peraí. Então, a banda começou quando Scott tinha dezesseis e Mark também? – perguntei, espantada.

– Mais ou menos. Só depois de um ano é que a banda realmente ficou com a formação atual e começou a abrir os shows do Crush. E também foi nesse primeiro ano que eles foram convidados para tocar no filme.

Ficamos em silêncio por um tempo, todas aquelas informações que Gio acabava de me confessar estavam rodando em minha mente. Porque uma coisa eu não entendia: como Gio andava com essas meninas, sendo que ali só existia a aparência de uma amizade, que no fundo tudo não passava de uma mentira!

– Nossa, Gio! Nunca imaginei que tudo isso estivesse acontecido.

– Eu sei, Clair, que você deve achar que sou uma idiota de andar com elas, mas tudo isso já faz tempo, e nada que o tempo não resolva. Além disso, não preciso contar os meus segredos para elas, porque sei que com elas, eles não estarão seguros.

Aquela frase de Gio me deixou pensativa, porque mesmo que fizesse tempo é difícil aceitar que a sua "amiga" fique (mesmo que seja um selinho) com o cara que você estava a fim. E no fundo, eu sabia que ela tinha medo de ficar sozinha e sem amigas, se contraria-se essas meninas. Mas não seria eu a afirmar isso para ela, ela deveria saber disso por conta própria.

Além disso, eu estava sendo alvo de comentários na fanpage do Flight 08, o que já bastava para mim naquele dia.

30

A SEMANA TEVE início, e os professores já começaram a mandar uma pilha de lição. Não que achasse ruim, mas eu preferia passar o final de semana fazendo coisas que tinha vontade, como estar ao lado de Mark tocando *Stay with Me* para mim, baixinho. Para falar a verdade, escola, para mim, nunca foi um lugar no qual gosto de permanecer mais tempo do que o necessário. Ainda mais na Inglaterra, que não era nada confortável: metade da escola me olhava torto e a outra metade tentava saber o que estava acontecendo entre mim e Mark. Quando digo *metade da escola*, estou me referindo às meninas, porque os meninos nem ligavam. Mas havia um menino, um único que me perseguia desde a tal festa na casa de uma das amigas de Gio. Tratava-se do Max, que, sendo da mesma classe das minhas amigas, vinha todos os dias almoçar com a gente.

Mas esse começo de semana foi muito diferente do que eu esperava. Primeiro, Max havia faltado à aula, depois Danny veio conversar comigo na hora do intervalo, em vez de ir jogar futebol com os amigos.

Eu estava lendo *Crepúsculo*, de Stephenie Meyer, o livro que era uma febre pelo mundo, sentada na arquibancada do campo de futebol, onde os meninos jogavam. Ao meu lado estavam Pam e Vicky, conversando sobre algum filme em cartaz. Do outro lado da arquibancada havia um grupo de meninas de um ano anterior, com quem Dayse e Roxy conversavam. Alguns degraus abaixo, um grupo de meninos esperava para entrar no jogo.

Estava tão concentrada na história de Bella e Edward, que me esqueci completamente do que acontecia ao redor.

– Ei, Clair! – senti uma mão tocando em meu joelho.

– Oi, Danny! – tentei dar o meu melhor sorriso para ele.

– Você vai na quarta no The Edge?

– Eu vou – respondi, surpresa. – Você vai também?

– Sim, sou amigo dos caras da banda que vai tocar.

– Eu também vou – falou Pam, entusiasmada.

Eu havia convidado minhas amigas para irem comigo.

– E o Tomy vai? – Pam perguntou para Danny.

Paloma não conseguia esconder seu interesse por Tomy, por quem era apaixonada. Mas Tomy nunca gostou dela. Pelo que eu sabia, ele andava a fim de Dayse, de quem era muito amigo. Dayse, entretanto, não parecia muito interessada nele, pois era obcecada pelo Danny. Sentia seus olhos me fuzilando do outro lado da arquibancada.

– Eu acredito que sim – respondeu Danny.

O sinal bateu, anunciando que era hora de retornar às aulas. Todos entraram apressados no prédio, mas eu e Danny não estávamos com a menor vontade de entrar. Minha aula era de Arte, e a dele, de Física. Não estava com a mínima vontade de ver a sra. Carten, uma professora nova que havia entrado no começo do ano e adorava se autoelogiar para os alunos. Definitivamente, muito chato.

— Ah, se eu pudesse fugir, pelo menos dessa aula – suspirei, enquanto caminhava ao lado de Danny. O corredor estava cheio de alunos abrindo e fechando armários de metal ou conversando.

Fui pegar minha bolsa, que havia deixado no armário, com Danny atrás de mim.

— Que foi, Danny? – tentei ser delicada, mas no fundo estava irritada por ele me seguir.

— Quer dar uma volta? – ele perguntou, esperançoso.

— Claro. Por que não? – respondi. Era exatamente do que precisava: dar uma volta e ser um pouco irresponsável, para me divertir.

— Pensei que você fosse do tipo que tem medo de sair das regras – Danny riu, surpreendido.

Avançamos no sentido contrário ao fluxo das pessoas, mas fomos barrados pelo porteiro no portão da saída.

— Autorização, por favor.

Eu logo pensei que nosso plano não fosse dar certo, mas Danny não se intimidou.

— Aqui está – Danny entregou um papel para o porteiro. – Ela está me acompanhando.

Quando estávamos longe do portão, perguntei:

— Como você conseguiu essa autorização?

Ele riu e disse:

— Eu tenho autorização para sair da escola caso aconteça alguma coisa séria.

— Você é bobo? Algum dia, seus pais podem descobrir, ou, pior ainda, a escola! – começava a ficar brava com Danny.

— Dificilmente alguém da escola vai me seguir. Relaxa... Não é sempre que faço isso. Para onde você quer ir?

– Não vou ficar brava com você agora. Não sei... para algum lugar sossegado, para descansar a mente.

Danny e eu fomos caminhando durante uma meia hora até o Hyde Park. Ao chegar lá, ficamos no mesmo quiosque que ocupamos no sábado anterior. O dia, embora bonito e com o tempo aberto, ainda assim, estava frio. Fiquei um tempo observando a paisagem que se estendia à minha frente, com Danny sentado ao meu lado no banco.

– Que saudade de casa... – suspirei. Já eram nove meses longe de casa. Nada tinha sido fácil como eu esperava, mas todas as dificuldades que passara tinham valido a pena.

– Você é muito corajosa – Danny me disse.

– Por quê?

– Você perdeu uma prima e não quis ir embora. E ficar um ano longe de casa sem ver seus amigos deve ser muito duro.

– Não é fácil... Mas é uma experiência única sair do meu mundo e conhecer pessoas diferentes, de uma cultura oposta à minha. Mas... – quando me lembrei da minha prima, baixei meus olhos. Não consegui evitar as lágrimas. – Sinto muito a falta dela. Era como uma irmã para mim.

– Eu sinto muito – Danny não sabia como me consolar.

– Mas eu estou bem – sorri para ele. – Sei que tudo vai acabar bem.

Danny sorriu em resposta enquanto me fitava.

– Como pode? Achar que sempre tudo vai acabar bem?

– Tudo acaba bem se você vai atrás da vitória.

– Inacreditável. Você é a primeira garota que conheço com um pensamento tão decidido.

– Acredite, é possível.

– Mas não é possível ter você.

– Isso está fora de questão, Daniel! – fiquei um pouco irritada com ele pela lembrança de que eu o tinha trocado pelo primo. – Por que você e a Dayse não voltam?

– Dayse também está fora de questão. Apesar de ser muito gata, nunca gostei dela de verdade. Só ficava com ela por causa dos caras... Coisa de moleque.

– Você só namorava ela para se mostrar? – estava espantada com aquela revelação.

– Na verdade, eu achava que gostava da Dayse. Mas ela queria sempre me expor para as amigas e me usar como escravo. Enfiava-se na casa do meu primo, quase todos os finais de semana, e nem ligava para mim. Ela sempre sumia com Mark, me fazendo de idiota. Aí, resolvi terminar.

– Danny, eu não sabia disso. Mas você quer dizer que eles *ficavam*? – minha voz saiu tremida.

– Sim. E a Dayse achou que meu primo fosse pedir ela em namoro, mas isso não aconteceu. Foi aí que terminamos.

– Que idiota! Agora eu odeio mais ainda essa garota! – exclamei com cólera.

– Relaxa... Mark nunca gostou dela.

– Mas ela ainda continua a fim de você, sabe?

– É claro. Ela não consegue ficar sozinha com o próprio egoísmo. Dá para ver que vocês não se gostam – continuou ele com um sorriso. – Nunca pensei que você fosse parar um dia na diretoria por causa da Dayse. Queria ter visto a cara dela de assustada.

– Não foi nada legal, Danny. Foi o dia mais tenso da minha vida! – dei um beliscão no braço dele.

– Uau! Isso dói!

– Eu sei! Por isso, é bom viver o presente e se sentir livre! Todas as preocupações passadas são passadas! – ri com gosto.

– Você é realmente inacreditável – Danny sorria. – Meu primo não é nenhum idiota por ter gostado tanto de você.
– Ei! Ele fala de mim para você?
– Fala mal, muito mal – ele riu. – Não, lógico que ele fala bem. Todos os caras estão achando ele tão esquisito...
– Por quê?
– Por sua causa.
– Eu? Eu nunca deixaria seu primo diferente.
– Você é cega, Clair? Ele está o cara mais bobo deste mundo!
– Como você é besta, Danny! Eu e ele nos gostamos, só isso.
– Você é inacreditável.

Eu nem queria acreditar que aquilo tudo pudesse ser verdade, porque doía muito só de pensar que eu iria me separar de Mark, o que, com certeza, seria para sempre.

31

Quarta-feira chegou muito rápido. Ao sair da escola, fui direto para a casa de Pam me arrumar. Eu teria uma sessão de cabeleireiro com Vicky e Callie. Foi muito divertido, porque nada estava dando certo, o que era motivo para nossos ataques de riso.

Eram umas oito e meia quando chegamos ao The Edge, e a banda estava começando a tocar. Mark já estava lá, junto com os meninos e a Gio. Havia várias pessoas da escola, além de outras que nunca tinha visto.

Mark estava em pé, no balcão, pedindo um vinho junto com Brian e um cara desconhecido.

– Ei, Clair – cumprimentou Brian, todo animado e me apresentou ao seu amigo. – Doug, esta é Clair. Clair, este é Doug.

– Oi, Clair – Mark me deu aquele seu sorriso torto.

– Senhor Rush, por acaso seu médico já te liberou para beber?

— E a senhora pode me falar por que chegou atrasada?

— Eu não cheguei atrasada. Só um pouco – sorri para ele.

— Você vai ser tão difícil assim hoje? – Ele me puxou para perto de si, me dando um selinho, e emendou: – Como foi sua semana?

— Boa. E a sua?

— Muito melhor agora, que voltei a tocar. Mas, mesmo assim, não é bom forçar o braço.

— Olha, Mark, se não seguir a recomendação do médico, vai se ver comigo! – brinquei, mas no fundo falava sério.

— Neste final de semana, vou para a Escócia visitar minha família. Queria saber se você quer vir comigo.

— Eu aceito o convite, mas é provável que a mãe de Gio não vá deixar... Na verdade, meus pais não vão deixar.

— Por quê? Eles não gostam de mim?

— Você nunca falou com eles, mas acho bem provável que eles não deixem.

— Quero conhecer seus pais, mas parece que você não quer me apresentar pra eles.

Nessa hora, da mesa em que estavam sentadas, no centro do bar, Pam e Vicky me chamaram. Com elas estavam Max, Tomy e Bradley. Olhei para Mark, que parecia bem irritado com alguma coisa, mas disse para eu ir.

— Você não quer se sentar com a gente? – perguntei a ele.

— Depois eu vou. Preciso falar com Tom, o vocalista da banda.

A banda acabava de fazer uma pausa para o intervalo, e Mark se dirigiu até um menino ruivo, com mais ou menos a minha idade. Sentei com minhas amigas, e foi aí que pude reparar melhor em quem estava no bar: Gio estava com Scott, Katy, Roxy, Dayse, Jane e Danny na mesma mesa; Lila e Alice estavam sentadas com Leon e algumas pessoas que nunca vi.

– Ei, Clair – Pam chamou minha atenção. – Você e o Mark, hein!

– Hum... Tem cheiro de amor no ar! – Callie colocou mais lenha na fogueira.

Meu rosto ardia, de tão quente. Ainda bem que o bar era escuro e, assim, ninguém poderia ver meu rosto tão vermelho quanto uma pimenta.

– É... Eu nem sei mais definir essa minha amizade com ele – ri, boba de tão apaixonada.

Depois de um tempo, a banda voltou a tocar e várias pessoas se levantaram para dançar – em parte por causa da quantidade de álcool ingerida, em parte pela alegria forçada. Acabei perdendo Mark de vista e aquilo me deixou aflita, mas fui dançar na pista, como os demais.

Quando vi, Mark estava sentado conversando com aquela tal Julia ruiva, Brian e Anthony. Aquilo me deixou em choque, mas não tinha por quê.

Eu me virei e fui me sentar no balcão ao lado de Max, o que não foi uma boa ideia.

– Oi, Clair!

Ele já estava meio bêbado, e a pior conversa que se pode ter é com uma pessoa alterada. Principalmente em se tratando de um menino sem limites.

Eu pedi para o garçom um copo de água, porque era a melhor coisa para beber quando se tem ataques nervosos. Max veio para cima de mim com todo o seu charme.

– Está com o primo do Danny, né?

– Estou. Por quê?

– Ainda penso que está em tempo de você fazer uma escolha melhor – ele sorriu, todo convencido.

– Se toca, garoto. Eu não...

Max foi se aproximando de mim de tal forma, que, quando me dei conta, estava praticamente me beijando.

– IDIOTA! – dei um tapa com tudo em seu rosto.

Ao me virar para trás, Mark estava parado olhando para Max com uma raiva nos olhos que nunca imaginei que fosse capaz de expressar. Ele, então, voou na direção de Max. Todos em volta presenciavam a cena, meio assustados.

– O que você está pensando, cara? Tá maluco? Ela é minha namorada, PORRA!

Pela primeira vez, percebi a raiva e o ciúme nos olhos de Mark, mas o que me deixou mais surpresa foi ele ter me chamado de *namorada*.

– Por favor, Mark, se acalme – pedi, mas ele nem me escutou.

Enquanto a música tocava, atingiu um soco na cara de Max. Os dois continuaram se batendo, até Anthony, Brian, Danny e outros apartarem a briga.

Eu estava ficando tonta e muito nervosa.

– Parem com isso! – minha voz saiu falha e desgastada, e minhas pernas começaram a tremer, mais ainda quando Max gritou:

– Quer mais briga? Então, VEM!

Os meninos lutavam para segurar os dois, que batiam boca.

– Você está bem, Clair? – Gio veio me perguntar, sem fôlego, junto com Scott, que também tentava separar os dois.

Eu nem consegui responder nada para a Gio, dominada por uma profunda raiva de Max. Por outro lado, ter ouvido de Mark que eu era a sua *namorada* me arrebatou, pois ele nunca havia me falado isso com todas as letras – tinha apenas deixado no ar.

– O chefe está pedindo que vocês se retirem AGORA, ou ele vai chamar o segurança – anunciou um garçom enorme, com seus dois metros de altura.

Havia várias pessoas curiosas à nossa volta. Eu tinha certeza de que aquilo seria motivo de conversa na escola para o resto da semana.

– Oh, meu Deus! O que aconteceu com Mark e Max? – Dayse se aproximou e perguntou para Gio, enquanto eu pegava um guardanapo de pano molhado e um saco com gelo para o joelho de Mark, que gemia de dor.

– Uma briga – escutei Gio responder.

Dayse queria ser sempre o centro das atenções. Assim, quando fui ver Mark, que estava sentado em um banco na praça do Soho, ela estava em cima dele, junto com mais outras garotas. Mas nem liguei, pois sabia que ela queria mais era me provocar. Max estava sentado na calçada com algumas pessoas ao redor, entre as quais o Danny, muito sério para ser o Danny que eu conhecia.

A noite já estava fria. O nariz de Mark sangrava e, quando pus o saco de gelo em cima de seu joelho, ele gemeu de dor.

– Desculpa... Acho que alguém precisa levá-lo imediatamente ao hospital. Alguém pode chamar Scott ou Anthony, por favor?

Havia tanta gente à minha volta, que eu não conseguia reconhecer os rostos direito. De repente, Anthony apareceu e foi pegar o carro. Scott e Gio também apareceram juntos. Gio e Mark foram no banco de trás comigo e, na frente, Scott e Anthony.

– Você não tem que estar às dez em casa? – Mark me perguntou.

– Sim, mas não precisa se preocupar.

Quando chegamos ao hospital, onde Mark já estivera antes, ele logo foi atendido. Então Anthony nos levou, a mim e a Gio, para casa.

Foi difícil pegar no sono naquela noite. A imagem da briga ficou revirando dentro da minha mente, com Mark falando: *ela é minha NAMORADA!*

32

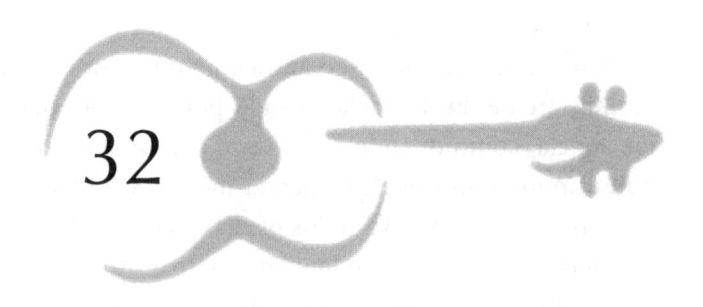

O INÍCIO DE novembro registrou uma mudança radical no cenário escolar. Os alunos comentavam sobre a briga de Max e Mark no The Edge, mas isso nem me incomodava, porque era uma bobagem. O pior foi que alguém inventou a história de que eu estava traindo Mark com Max, e isso sim mexeu com meu emocional. Escutei esse absurdo em uma das aulas de Educação Física, quando uma menina da outra classe comentou algo com umas colegas na arquibancada. Ela olhava para mim discretamente, enquanto contava essa história, mas dava para perceber que se referia à minha pessoa.

Resolvi sair da aula, mentindo para a professora que estava com dor de cabeça e iria para a enfermaria. Nem quis falar nada para minhas amigas, porque iriam querer saber de detalhes, e eu nunca estava a fim de contar tudo. Aliás, iriam achar que eu tinha problemas mentais por chorar por qualquer coisa que me acontecia; então, preferi me afastar delas naquele momento.

Fui para a enfermaria pegar o remédio e depois me sentei no gramado da escola, observando o prédio enorme que havia à minha frente. Eu já havia passado por situações bem piores que aquela, como quando tinha doze anos e era uma menina muito tímida e introvertida. Sentia-me tão sozinha na escola, sem amigos, que chorava todos os dias. Nessa época, era muito ligada ao grupo e dependente dos outros. Ao mesmo tempo que eu tinha pânico de ficar sozinha, não deixava as pessoas se aproximarem de mim.

Mas, agora, a situação era totalmente diferente da do passado. Eu queria ter minha individualidade e o meu próprio espaço, sem que ele fosse invadido. Mas me sentia invadida, e até demais, pelo fato de a maioria das meninas daquela escola sempre estarem atrás de fofocas sobre Mark. Embora fofoca seja a coisa mais normal desse mundo, eu já estava cansada daquilo. O que eu podia fazer era deixar Mark para sempre e seguir a minha vida em paz, sem ninguém invadindo o meu espaço. Por outro lado, estava apaixonada e não saberia viver sem ele. Talvez dar um tempo fosse a melhor coisa a fazer naquele momento, e foi isso que fiz.

No sábado, fui à casa dos meninos para ver como Mark estava. Eu o encontrei deitado no sofá com novos curativos na perna, assistindo TV. A muleta e a bota ortopédica estavam jogadas no chão, junto com o jornal do dia. Mark estava muito alegre quando me cumprimentou. Brian e Scott haviam saído com as namoradas, e Anthony, ido a uma entrevista da MTV. Sentei-me em seu colo e o beijei nos lábios.

– Como está sua perna?
– Bem melhor com você aqui – ele sorriu meio sem jeito.
– Vê se não entra em briga da próxima vez...
– Aquele amigo do meu primo te fez alguma coisa a mais? – ele me perguntou.

Max andava tão distante, que nem falava mais com ele depois do acontecido.

– Não, Mark. Acho que ele não vai mais nem chegar perto de mim. Quero te contar uma coisa...

– Claro... – Mark estava distraído com o programa da TV.

– Mark... é sério.

Ele voltou seus olhos para mim. Sabia o que eu tinha para falar; percebera desde que o tinha cumprimentado.

– Não, Clair. Não vamos pensar nisso.

– Eu acho que temos de pensar sim. Preciso te falar que quero dar um tempo. Não significa que esteja terminando... Mas preciso desse tempo para saber realmente o que estou sentindo em relação a tudo.

Ele me interrompeu, bruscamente:

– Clair, você quer terminar sim. Eu sei que não sou bom o suficiente para você.

– Lógico que não! Eu é que não aguento mais as pessoas falando e fazendo fofoca de mim o tempo todo!

– Você quer terminar, mas está com medo. Eu já sabia disso!

– Não! Eu falei *dar um tempo*, não terminar – levantei-me rápido.

– Você tem medo, sim! Eu vejo em seus olhos!

– Eu não estou com medo *disso*; meu medo é de nunca mais te ver! E você vem e me fala que tenho medo de terminar!

Lágrimas caíam sem controle nenhum dos meus olhos; minhas mãos tremiam de nervoso. Como queria que ele me entendesse, como sempre fizera! Escutei um barulho de chave na porta: era Anthony, junto com um amigo. Cumprimentei-os e me virei para Mark:

– Preciso ir para casa. Tchau. Te vejo por aí – dei um beijo em sua bochecha e saí sem falar mais nada.

Fui andar um pouco pelo Hyde Park. Não estava com a mínima vontade de voltar cedo para casa e ter de contar para a mãe de Gio o porquê de ter voltado tão cedo. Estava acabada e sem vida nenhuma: tudo havia terminado entre mim e Mark, e eu devia parar de pensar no que já era passado.

Quando voltei para o almoço, a mãe de Gio ficou surpresa por ter chegado mais cedo, ainda que tivesse feito hora, e me perguntou o que havia acontecido. Menti, dizendo que os meninos tinham que encontrar uns amigos e, por isso, resolvera voltar antes.

A tarde foi pior ainda. Gio estava fora com Scott, a mãe foi visitar uma amiga que morava ali perto, e seu pai estava resolvendo seus negócios. Eu fiquei sozinha assistindo TV e deprimida, com muita saudade de casa.

Gio foi a primeira a aparecer em casa naquela tarde. Assim que entrou, veio me trazer meu celular, que tinha uma nova mensagem.

— O que aconteceu, Clair? Não esperava te encontrar tão cedo em casa.

— Aconteceu que eu e Mark discutimos. Como se fosse a primeira vez... — olhei ansiosa para a mensagem no visor do aparelho, que era de propaganda para planos de celular.

— Que saco! Ele é tão idiota! — explodi. Aquela mensagem de celular só me deixou mais nervosa. — Sabe, ele não entende que preciso de um tempo! Aí, ele vem e me fala que tenho medo de terminar!

— Calma, Clair. Quer um chá?

— Quero... Se quiser, eu te ajudo.

Preparamos o chá-inglês com uma bandeja de biscoitos. Foi a melhor coisa que fiz naquele dia, e o melhor de tudo é que me esqueci de todos os problemas ao rir com a Gio.

33

Os dias foram passando e nada de Mark ligar para mim. Isso me deixava muito triste e sem vida. Como amor dói, principalmente quando se está apaixonada! Sempre que pegava o celular, achava que teria uma mensagem dele ou uma ligação perdida, mas nunca tinha nada. *Só acontece mesmo nos filmes*, foi o que pensei. Gio falava que era melhor eu esperar ele ligar – senão, ia parecer que estava desesperada –, mas esse conselho não me ajudou em nada. Resolvi ligar, mesmo indo contra meu orgulho, que gritava NÃO. Era uma quinta-feira à noite, e eu havia acabado de sair do banho e resolvi que seria naquele instante que ligaria. Peguei o celular sem pensar e digitei o número com facilidade.

– Alô? – escutei a conhecida voz rouca.
– Oi, Mark. Sou eu, Clair.
– Oi.
– Eu queria saber como você está. Se está tudo bem com a sua perna.

— Está muito melhor — ele respondeu depois de uma longa pausa. — Daqui a pouco vou poder voltar a tocar, mas ainda não posso fazer shows. E você?

— Estou bem.

Ficou um silêncio constrangedor, até eu falar:

— Preciso desligar... Tchau.

— Espera. Tenho que te perguntar uma coisa antes.

— Pergunte.

— Você me perdoa por aquele dia?

— Mark, lógico que sim! Mil vezes sim! — eu ri, e algumas lágrimas chegaram a meus olhos.

— Hum... Você ainda pensa em dar um tempo?

— Acho que já demos um tempo — ri, e ele começou a rir também.

— Você quer voltar comigo?

— Claro! — minhas lágrimas aumentaram e começaram a cair.

Desde esse dia, Mark me ligava três vezes por semana, e eu também ligava umas três vezes para ele. Estava gastando muito crédito, e meu pai ficou bem bravo com isso, mas a verdade é que eu nem comprava muita coisa além disso.

A escola estava muito tediosa, porque as aulas estavam puxadas para os testes do GCE (General Certificate of Education), o equivalente ao nosso vestibular, mas prestados na própria escola. Senti-me exausta durante esse período e, quando o meu aniversário de dezessete anos chegou, eu não tinha a mínima disposição para nada. Mas Gio foi do contra e quis porque quis que saíssemos nesse dia, que caiu numa quinta-feira. Não foi nada agradável ter Danny e os amigos me dando parabéns, além do Leon, da minha classe, que cantou parabéns o tempo todo. Já minhas amigas foram muito mais discretas, tirando Pam. Callie me deu uma linda fivela brilhante para festa, Vicky me deu uma carta muito fofa e Pam, uma echarpe lindíssima.

À tarde, minhas amigas foram para a casa de Gio. Elas iriam se arrumar para comemorar comigo e Gio, num bar do Soho, o The Royal George, onde havia uma mesa reservada. Como era meu aniversário, os pais de Gio nem reclamaram nem nada – embora eu torcesse para que não deixassem, porque, sinceramente, odeio quando me cantam parabéns e tenho de ficar com aquela cara de idiota.

– Clair, sua mãe ligou e pediu para você entrar no Skype porque ela quer falar urgente com você – avisou a mãe de Gio, assim que chegamos da escola.

Fui para o computador do escritório. O meu pai estava on-line e me deu os parabéns. Enquanto olhava o seu rosto pela *webcam*, meu irmão e minha mãe vieram se juntar a ele para também me parabenizar. Mas, depois, minha mãe quis conversar comigo a sós. Eu pressentia que aquela conversa iria sair mais cedo ou mais tarde.

– Você faz uma falta tão grande aqui em casa! Mas, pelo que vejo, você está muito feliz e bem aí. Como anda seu coração?

– Meu coração anda longe... – eu sorri. – Mark e eu estamos muito bem.

– Filha, você está se cuidando?

– Lógico, mãe.

– Não estou falando só da saúde física, mas de relações sexuais. Já aconteceu?

O súbito silêncio que se fez foi resultado da minha surpresa. Demorei um tempo para responder.

– Mãe, como você sabe? Eu ia te contar...

– Já tinha percebido faz um tempo. Quando você falava dele, havia um tom diferente em sua voz. Mas você está bem? – a voz da minha mãe era de preocupação.

– Sim, estou.

Minha mãe começou a chorar um pouco, mas tentou esconder de mim pela *webcam*.

– Mãe, você está bem?

– Não é nada, filha – ela hesitou, mas disse por fim: – Agora você não é mais minha pequena menina, e sim uma mulher.

– É... – mudei de assunto de repente. – Mãe, quero apresentar Mark a você e a papai algum dia desses. Ele já está há um tempo querendo conhecer vocês.

– Está bem, Clair. Fala pra ele que eu também quero conhecê-lo.

– Mãe, agora preciso ir, porque hoje à noite vou sair com meus amigos para comemorar. Quer dizer, a Giovanna fez questão de comemorar, e você sabe como ela é teimosa. Beijo!

– Tchau, meu amor! Se cuida, minha flor! Um beijo! E que você tenha um final de dia maravilhoso!

Voltei para a sala, onde estavam reunidas todas as minhas amigas, o que eu achava ótimo, mesmo que Gio não gostasse nem um pouco do jeito de Pam. Dizia que Pam era folgada e sem limites. Já Callie se soltava muito mais para falar e se deu bem com Gio, mas não com Pam – para variar. Vicky também se enturmou com Gio e Pam, sendo que, antes, eram colegas completamente estranhas na escola. Aquela tarde foi um encontro de novas amizades, mais para elas que para mim.

Às sete e meia da noite, o pai de Gio nos levou ao bar no Soho, como da outra vez. O bar era pequeno e aconchegante: havia uns sofás no canto para casais, o balcão e as mesas, tudo bem tipicamente inglês.

Mark, Scott, Brian, Anthony, Danny e James estavam sentados nos sofás saboreando um aperitivo. No outro canto, estavam Rose e Ashley, respectivamente a namorada de Brian e a namorada de James. Embora não tivesse nenhuma amizade com elas, gostava das duas, por isso as tinha convidado.

– PARABÉNS, CLARISSE! – tinha que ser o Brian.

Todos vieram me cumprimentar. Brian foi quem fez mais festa. Enquanto Gio aguardava a liberação da reserva de mesa, esperamos no sofá, ao lado de Mark e Rose. Mark me puxou para perto dele e, me beijando com delicadeza nos lábios, falou em meu ouvido:

– Você está muito bonita.

– Obrigada – senti o coração bater loucamente de alegria.

– Como está sua perna?

– Boa. Só que agora tenho que tomar mais cuidado que antes.

– Espero que você cuide mesmo, porque senão...

– ... você vai fazer o quê? – Mark me encarou com aqueles olhos azuis que me deixavam sem palavras.

– Hum... Talvez eu te prenda em uma cama e você só saia de lá quando se recuperar.

Mark riu e ficou me olhando por um bom tempo.

– O que foi?

– Nada... – ainda rindo, me puxou para me beijar.

– Vamos, que todo mundo já está indo para a mesa, casal! – chamou Pam.

– Clarisse tira o meu amigo do sério. É brincadeira... – falou Brian.

Logo todos estavam acomodados à mesa. Sentei-me ao lado de Mark e Gio. Na minha frente estava Callie e, ao seu lado, Anthony e Brian. Mais tarde apareceram Joe e Katy, que Gio havia convidado. Brian e Scott ficavam me amolando, e também ao Mark, a cada beijo que dávamos no final do jantar.

– Que perda de caloria – Brian comentava.

– Pô, velho, deixa a gente em paz – Mark respondeu, sério e meio irritado.

Depois, ainda teve um parabéns com bolo de amora, que a mãe de Gio havia preparado. Apesar de não gostar quando cantam parabéns para mim, considerei aquela vez especial, porque não é sempre que fazemos aniversário sem estar com a família.

No fim do jantar, Scott levou a mim, Gio e Callie para casa. Callie dormiria em casa naquela noite. E o resto do pessoal foi com Anthony para Friern Barnet. Naquela comemoração também aconteceram várias coisas: Callie e Anthony ficaram (quem disse que tímida não namora?), Danny estava sem traços de amargura contra o primo, e eu, ainda mais apaixonada.

Nunca tive um aniversário tão único e diferente como aquele. Havia catorze pessoas ali reunidas que, antes, eram para mim completamente estranhas, e agora considerava como minha segunda família. Como uma parada em um único destino pode mudar nossa vida para sempre! Eu acabava de fazer dezessete anos e me sentia muito diferente por estar ali. Tudo o que fiz na Inglaterra foi para amadurecer e ganhar experiência própria. Ao me desafiar, domei todas as dificuldades e dores, e foi aí que descobri a grande riqueza da vida: ela é cíclica e se transforma a cada dia.

34

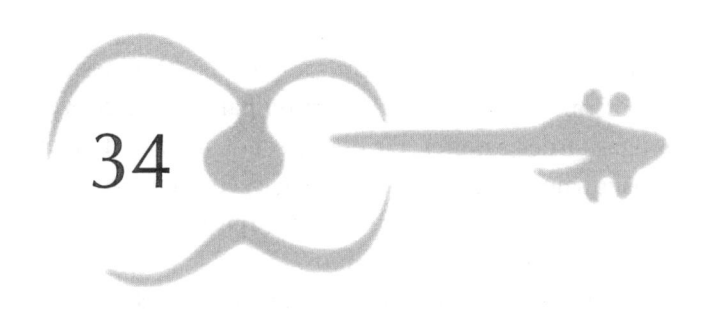

Novembro passou muito rápido depois do meu aniversário. Eu estava tão ocupada com malas e passagem, que não tive tempo de perceber que dezembro já havia chegado. Os últimos dias foram os mais marcantes e os mais rápidos de todos; as horas passavam como o vento, e os minutos, na velocidade da luz. Meu humor andava oscilando muito com emoções desencontradas: não sabia se ficava triste por ir embora ou feliz em voltar para casa. Minha família – principalmente minha mãe – andava suplicando pela minha volta. Embora feliz por ter pessoas que estavam preocupadas comigo, eu não sabia como iria reagir com a ausência da minha prima, e isso me afligia muito, mesmo tentando ignorar.

As aulas haviam se encerrado na sexta, o que me deixou triste, porque não veria mais ninguém além da Gio e os meninos do Flight 08. Houve uma pequena despedida com minhas amigas na casa da Vicky. Foi estranho estar com elas sabendo que talvez nunca mais as visse. Mesmo com a possibilidade de contato pelo Facebook, a amizade não ia ser a mesma.

Com Mark, tive muito tempo para ficar e conversar – por longas tardes e noites. Ele estava sendo a razão do meu tempo e espaço, mesmo com algumas brigas, comuns a todo casal.

– Você é o cara mais teimoso que conheço, Mark Rush! – falei com um sorriso nos lábios.

Era minha penúltima semana na Inglaterra, e eu estava, pela primeira vez, assistindo a um ensaio da banda na gravadora. Havia muitas pessoas ajudando com a gravação, entre elas, James. O pai da Gio não estava, por ter um show de outra banda, e Gio havia ido com suas amigas para lá. Mas eu preferi assistir ao ensaio dos meninos, que faziam um novo álbum chamado *Blue Action* (Ação Azul). Mark já podia voltar a tocar – o que o deixava muito feliz –, desde que fosse sentado.

– E você, não é teimosa por acaso? Vamos, eu já consigo dirigir – ele disse com segurança. Estávamos sentados longe um do outro, em um banco grudado à parede com revestimento acústico, enquanto o pessoal da gravadora ainda preparava os instrumentos e a mesa de som.

– Nada disso! Você é louco?

– Hum, talvez, mas sinto que você quer ir.

Senti alguém nos observando por dentro do vidro do estúdio. Era a estagiária, que ajudava os meninos. Ela não era feia (tirando os dentes tortos), e isso me incomodou um pouco, porque estava secando o Mark.

– Vou ver... Quem sabe eu aceite correr esse risco – sorri para Mark, e ele me puxou para perto dele.

– Você não vai fugir de mim tão cedo – falou em meu ouvido.

Durante o ensaio, James ficou sentado ao meu lado, enquanto os outros trabalhavam. As músicas estavam muito boas, pelo menos para mim. Mark me olhava de vez em quando e sorria. Eles tiveram uma única pausa para descansar antes de começar de novo,

Quando fui procurar por Mark, estava conversando com a tal estagiária, que se encontrava muito próxima dele. Aquilo me deixou mais do que irritada e descontrolada – o que, na verdade, não era necessário, afinal, ele estava comigo, e não com ela.

– Não, Joyce. Não posso sair hoje – esquivava-se Mark.

– Sério que não? – ela jogava os cabelos para trás, fazendo charme.

Fiquei parada à porta, só assistindo à cena. Mark fugiu dos braços da menina e falou:

– Eu já tenho companhia. Por que não chama Anthony? Ele iria adorar.

Joyce lançou um olhar para mim e perguntou na cara dura:

– Você é a namorada dele? – e virou-se para Mark. – Ela é a sua namorada?

– Nós estamos juntos – respondeu Mark, tentando ao máximo não olhar para mim.

Além de mim, só o Scott – que afinava o violão – presenciou aquela cena; os demais haviam saído para fazer a pausa.

– Seu idiota! Achei que você estivesse feliz em me ver de novo! – Joyce disse, e virou um tapa na cara de Mark.

Ela estava quase chorando, e eu, chocada com o que acabara de ver. Era como se Mark também estivesse fazendo a mesma coisa comigo.

– Cuidado, você pode ser a próxima a passar por isso – ela me disse antes de se afastar, esbarrando em mim.

Todos ficamos em silêncio, e eu voltei ao banco em que estava antes.

– Clair, espera, não é o que você está pensando – Mark segurou o meu braço.

– Pode me soltar, Mark. Eu não vou correr nem fugir de você! – olhei bem fundo nos olhos dele.

– Você está bem?
– Estou. Por que não estaria? Por causa das suas outras? Ah, Mark, conta outra!
– Não é nada disso...
– Vamos! Para seus lugares! – o diretor apareceu para recomeçar as gravações.
Todos entraram e se aprontaram para começar.
– Vai, Mark. Você precisa gravar. Não é isso que você mais queria?
– Você está brava, não está?
– Vamos, Mark! – chamou Anthony, já na bateria.
– Não. É engano seu. Vai logo, que todo mundo está te esperando.
– Rush, para de namorar e vem logo! – irritou-se Brian.
– Depois a gente conversa.
James sentou-se ao meu lado de novo, puxando assunto. Eu não estava com a mínima vontade de conversar; queria mais era poder chorar e gritar, de tanta raiva que sentia naquele momento.
– Esta música foi a primeira que Mark escreveu para o álbum.
– Legal! – olhei para ele e tentei sorrir.
A música era muito bonita, mas não conseguia me concentrar na letra, que passava como vento pelos meus ouvidos.
Mark não desgrudava os olhos de mim, e eu também o encarei.
– O que você achou? – James me perguntou.
– Legal! – tentei forçar outro sorriso.
– Eu ajudei Mark a introduzir o *back vocal*, mas foi ele quem a escreveu inteira.
– Boa!
– É... Mark não é o mesmo de antes. O que você fez com ele?
– O quê? Ah, nada de mais. E você e Ashley?

– Ela está viajando agora. Mas estamos bem.

James foi ajudar na mesa de som para fazer alguns ajustes e eu fiquei sozinha, enquanto algumas lágrimas escapavam dos meus olhos e eu continuava vendo os meninos tocar. Havia me apaixonado pelo cara mais complicado e difícil de expressar seus verdadeiros sentimentos. Será que ele me amava mesmo? Será que havia perdido meu tempo com um amor que não valia a pena? Várias perguntas surgiam na minha mente, junto com a lembrança de diversos momentos passados juntos. Em tempos em que o amor não é transparente como nos filmes, ele necessita muito mais de carinho e atenção, pela insegurança que é gerada: é o medo de se deixar levar; o medo do arrependimento, da decepção, da expectativa. Eu achava, enfim, que, se Mark me amava, deveria mostrar seus sentimentos.

Depois do ensaio, Mark ficou o tempo todo comigo, mas mesmo assim não queria ser fácil para ele. Mesmo porque não paravam de martelar na minha cabeça um montão de perguntas. Mark também não me perguntou nada e ficou quieto, na dele. Brian havia conseguido uns ingressos para um show de bandas que teria em uma casa de show em Chelsea.

– Você quer ir? – Mark me perguntou, enquanto descíamos no elevador.

– Vou avisar a minha "mãe". Mas eu vou, sim – respondi.

Mark e eu estávamos tão sem graça um com o outro, que só ficávamos nos olhando – um olhar que era misto de raiva e sedução.

Liguei para casa e quem atendeu foi Gio, que havia acabado de voltar do show.

– Gio, você pode avisar a sua mãe que estou indo a um show com os meninos? Você acha que tem algum problema?

– Imagina, não tem nenhum! Eu e as meninas estamos indo também, mas aviso minha mãe sobre você.

– Tá. Então nos vemos lá! Beijo! Tchau.

Na frente da porta da gravadora, uma Van esperava por nós com alguns seguranças. Durante o caminho, eu e Mark não conversamos mais.

Várias pessoas se dirigiam ao local do show, que ainda não começara. Quando os meninos iam descer da Van, houve uma intensa gritaria, com fãs se jogando para tentar alcançá-los. A repentina aparição dos meninos provocou uma confusão muito grande. Os seguranças tiveram de abrir passagem pela multidão, que se espremia para tentar chegar o máximo perto de seus ídolos.

Mark me puxou para sair rápido do veículo com ele. Eles foram direto para o camarim, onde se encontravam as outras bandas que tocariam naquela noite. Eram todas bandas jovens e de escola. Percebi que muitos se preparavam com seus instrumentos apressadamente, para ficar a postos na hora em que os portões da casa abrissem. Mas vários interrompiam o que faziam apenas para conversar com os meninos, que ajudavam a todos no que fosse necessário. A banda que tocara no The Edge estava lá também.

– Você por aqui? – uma voz me chamou atrás de mim.

– Oi, tudo bem? – respondi, ao ver que era a Julia ruiva.

– Vejo que veio com Mark.

– Sim, algum problema?

– Se eu fosse você, ficaria mais de olho nele – ela me lançou um olhar irônico.

– O quê? Eu tenho de ser babá dele? Estou fora! Aliás, acho que você deveria arrumar alguém para você!

Sua resposta foi um grito raivoso que todos ao redor se viraram para olhar de onde partira. Ela se afastou, esbarrando propositalmente em mim.

– Está tudo bem? – um cara de uma das bandas perguntou, da mesa em que havia os horários de apresentação.

– Sim, está. Obrigada.

Ele devia ter uns dezesseis ou dezessete anos e tinha uma cara de assustado, com grandes olhos castanhos.

– Ei! Você não é a namorada do Mark Rush?

– É... Sou.

– Prazer! Eu sou o Charlie, da banda Unkoched. E você é a...?

– Clarisse... Mas todos me chamam de Clair.

– É isso mesmo. Você é brasileira, né?

Nesse momento, o organizador do festival passou apressado, com um microfone e fone de ouvido, também segurando uma prancheta:

– Pessoal! Vamos começar o show daqui a dez minutos! Por favor, todos em seus lugares!

– Clair, você está aqui! – senti uma mão me puxando pela cintura. Era Mark.

– Oi, Mark – cumprimentou Charlie.

– Oi. Você é...? – Mark perguntou, com ar desconfiado.

– Charlie. E aí, cara? Já voltou a tocar?

– Ah, sim.

Mark foi muito curto e grosso com o menino, demonstrando uma possessividade que me deixou bem chateada. Chegava a ser infantil. Quantas vezes não presenciei um amor possessivo se acabar devido a brigas que não tinham fim?

– Precisava tratar o cara desse jeito? – falei para Mark, assim que Charlie foi embora.

– Você não conhece esses caras como eu conheço, Clair.

– Mark, coloca uma coisa na sua cabeça: eu nunca seria capaz de te trocar por ninguém!

– Você não entende...

– Tá bom, Mark. Talvez eu só te entenda depois de muito tempo – retirei a mão dele da minha cintura. Quando ia me afastando, Gio apareceu com suas amigas.

– Oi, Clair!

– Oi, Gio – cumprimentei.

Durante o show, fiquei sentada em uma das cadeiras mais para trás, assistindo em silêncio. Enquanto isso, as outras pessoas cantavam algumas músicas junto com a banda que tocava ou dançavam, animadas. Eu vi Dayse, Jane e Julia fazendo uma rodinha e olhando para mim. Essas não tinham, definitivamente, o que fazer!

– Bom, antes de encerrarmos o show, quero agradecer a todos que estão neste evento e também pelo apoio que os fãs deram. E quem é que gosta do Flight 08? – perguntou o organizador do evento.

Uma gritaria se espalhou pela plateia. Do meu lugar, só podia escutar e ver a banda tocando de lado para a coxia. Tive a visão do Flight 08 se preparando do outro lado para entrar. Cruzei o olhar com o de Mark; ficamos nos encarando até ele desviar o seu e continuar fazendo o que precisava.

– Sim! Eles estão aqui... Mas, para que toquem hoje para a gente, é preciso ter muita vontade no grito para motivá-los! Vamos lá! Quero ver o pessoal do fundo gritando *Flight* e os da frente gritando *08*!

A plateia, sincronizada, começou a gritar. Nesse momento, os meninos entraram e tocaram *Should Do I* sob o delírio dos fãs, que aumentaram a intensidade dos gritos. Mark não se movimentava por causa da perna, mas cantava bem, como sempre. Sua voz era rouca e aveludada; estava muito relaxante de se ouvir. Eu sentia como se ele cantasse baixinho em meu ouvido, como sempre fazia com *Stay with Me*. Eles tocaram também uma segunda música.

– Boa noite, Londres! Tudo bem com vocês? – Mark falou depois no microfone.

– Boa noite! – gritou o público.

– Eu queria agradecer a todos os presentes aqui e ao Peter, que nos convidou para tocar com essa plateia incrível que vocês são. Como sabem, andei meio afastado dos palcos nos últimos tempos, mas agora o Flight 08 volta com mais novidades para vocês, com o álbum que vai sair no final de janeiro, o *Blue Action*.

– E a música que vamos tocar se chama *Just You* – completou Scott. – Esperamos que vocês gostem.

A música era muito bonita e romântica. Mark cantava tão completamente envolvido pela música, que me dava até arrepios. Quando eles terminaram de tocar, o auditório se encheu novamente de gritos e alegria.

– Obrigado! Amo todos vocês! – gritou Brian, jogando água em cima dos fãs.

Depois do show, como os meninos estavam sem carro e iriam de Van para casa, voltamos de táxi. Katy foi dormir conosco e estava muito triste porque Joe e ela haviam brigado.

Como nenhuma de nós estava com sono, resolvemos assistir a um filme que passava na TV: *Orgulho e preconceito*. O filme aborda os casamentos do século XIX e as relações entre os casais, e não me deixou muito feliz, porque meu dia tinha sido exaustivo com Mark. Tampouco agradou Katy. Só Gio ficou animada para ver o filme até o final.

Resolvi dormir antes que o filme se desenrolasse para o desfecho final. Antes, fui à cozinha beliscar alguma coisa e depois, para o meu quarto. Ao me jogar direto na cama, lembrei-me de que precisava da minha bolsa para pegar o hidratante – minha mão estava muito seca.

Enfiando a mão dentro da bolsa, apalpei uma pequena caixa preta, que não estava ali antes. Eu a abri e levei um susto ao constatar que havia dentro... uma aliança!

Era uma aliança simples, mas muito diferente de todas as que já vi, porque na parte interna estava gravado *Just you*. Fiquei parada, olhando para aquele anel em minhas mãos, sem acreditar. As coisas acontecem quando menos esperamos.

35

Uma luz fraca entrava pela minha cortina. Tinha acordado muito cedo para ser um dia de férias. Todos ainda dormiam na casa, menos o pai da Gio, que estava tomando café da manhã para ir ao trabalho.

– Bom dia, Clair – ele me falou em seu tom de sempre.

– Bom dia, Paul.

– Já acordada a esta hora?

– Sim – esbocei um sorriso tímido.

– Estou indo para o trabalho agora – disse ele, levantando-se para sair.

– Paul, queria saber se poderia ver mais um ensaio dos meninos.

– Sem problema. Pode vir comigo agora, se quiser.

– Claro! Vou ficar pronta em um instante.

Engoli o café da manhã e fui me vestir rápido. Eu andava com um senso de pontualidade muito maior do que antigamente.

O dia estava muito nublado e frio – um frio de doer nos ossos –, mas eu estava tão contente, que nenhum clima poderia mudar esse fato.

Quando entrei no estúdio, Mark estava afinando a guitarra com um afinador. Nossos olhos se encontraram e ficaram fixos um no outro, até Brian entrar pela porta e me cumprimentar:

– Clair! Você de novo por aqui!

– Ahã. Achou que eu nunca mais viria?

Mark estava parado ao lado de Brian, sério e pensativo.

– Clair, posso falar com você agora? – perguntou por fim.

– Olha, o corredor é público! – gracejou Brian.

– Bobo! – respondi, antes de me virar para sair com Mark.

Mark me conduziu até um corredor estreito, onde não havia muito movimento como no principal. Dava acesso somente a uma sala.

– Você recebeu o meu presente?

– Este é o seu presente? – eu mostrei a aliança no meu dedo.

– Por que não seria?

– Não sei... Você é tão imprevisível, às vezes.

Mark pousou uma das mãos na minha cintura e a outra nas minhas costas; estávamos muito perto um do outro; podia sentir sua respiração no meu rosto. Fiquei nervosa e comecei a chorar de repente.

– O que foi, Clair?

– Mark, tudo isso já está acabando... o nosso tempo juntos. E, apesar de terem me ocorrido várias coisas muito chatas, e outras pelas quais jamais desejei ter passado, você sempre me ajudou a enxergar as coisas de outra forma... Estou falando muito, né? Só queria saber se, realmente, você me ama do jeito que eu te amo.

– Eu te amo, Clarisse. Esta é a verdade.

Mark segurou o meu rosto e secou minhas lágrimas.

– Como? – achei que tinha ouvido mal.

– Eu te amo, Clair. Você não sabe como te amei desde a primeira vez que te vi... Por que você acha que eu estou sempre mentindo?

Hesitei um pouco, antes de encarar seus olhos azuis.

– Não... É que, de repente, você fala que está apaixonado... É por mim? – minha voz saiu fraca e trêmula.

– Por que não? – ele sorriu para mim e chegou muito perto do meu rosto, os lábios quase encostando nos meus. – Pouco me importa o que os outros vão pensar da gente.

– Até alguns dias atrás, acho que não seria isso que você me falaria.

– Clarisse, estou falando sério. Eu te amo. O que mais quer que eu diga?

– Eu... Eu te amo, Mark...

Nós nos beijamos e ficamos ali, perdidos no tempo e no espaço. Só voltamos à realidade quando um cara nos interrompeu, querendo passar pelo corredor.

– Todos estão te procurando para começar o ensaio, cara! – era o diretor, falando em um tom irritado.

Com o sumiço de Mark pela gravadora, o ensaio tinha atrasado. Os outros ficaram muito sérios, exceto Brian, que parecia rir com os olhos.

Esse foi um dia muito importante e diferente do normal, porque ficou marcado como a data em que eu e Mark estávamos namorando de verdade. A minha certeza se confirmou naquela tarde, na qual os meninos foram a um programa de auditório da BBC. Mark tentou me convencer a ir, mas eu devia voltar para casa porque iria com a mãe da Gio a uma loja de suvenires, para comprar alguma lembrança para os meus pais.

Na volta das compras, Gio apareceu na porta da sala de TV e me chamou para ver o programa dos meninos, que começava naquele momento.

– Clair! Você não pode perder!

A entrevista fez toda a diferença para mim no instante em que a apresentadora perguntou aos integrantes da banda se estavam namorando ou solteiros. Mark respondeu com um sorriso: *Eu estou com a Clair*. Todos olharam surpresos para ele, sem acreditar no que ouviam. Brian foi o primeiro a perguntar: *Sério?* e, depois de Mark assentir, foi uma bagunça entre eles, seguida de cochichos na plateia.

Eu só ria, apaixonada, e Gio ficou tão surpresa que me perguntou de imediato:

– Como? Quando isso aconteceu?

– Acho que desde sempre estivemos juntos, mesmo sem saber! – continuei rindo de felicidade.

– Você está usando uma aliança! Eu NÃO ACREDITO! Falei que ele ia gostar de você do jeito que você é! Nossa, como estou FELIZ por vocês! – Gio falava, toda entusiasmada.

Logo que o programa acabou, eu e Gio fomos tomar chá, que a mãe de Gio preparou para nós. O meu celular tocou na sala: era Mark.

– Oi, Clair! – escutei sua voz rouca do outro lado da linha.

– Mark, que bom que você me ligou. Eu vi vocês hoje na TV. Humm... foi legal?

– Foi sim. E você, gostou?

– Hum... Gostei.

– Esse *gostei* não me convenceu.

– Eu gostei muito, Mark! – e, diminuindo o tom de voz: – Eu te amo.

Ele riu do outro lado da linha e falou baixinho:

– Minha namorada vai hoje para casa, né?

– Não sei... Mas posso pensar no seu caso.
– Eu já estou indo te buscar!
– Como? Você pirou de vez?
– Estou passando aí daqui a quinze minutos. Está bem?
– Sei lá!
– O que foi, Clair? – Gio me perguntou, distraída.
– Mark Rush quer que eu vá para a casa dele agora!
– Vai, sua boba! Minha mãe deixa, né? – dirigiu-se para a mãe.
– Sim, sem problemas. Que horas você vai voltar?
– Não muito tarde.

O final da tarde passou mais leve e alegre quando Mark chegou junto com os meninos para me buscar e Gio também foi junto. Ele estava tão charmoso e bonito com a camisa xadrez e o gorro! Mas não era só a sua aparência; havia alguma coisa em seus olhos que mexia com meus sentidos. Todos os meninos ficaram amolando Mark e eu por um bom tempo. Depois, eu, Mark, Scott e Gio fomos ao cinema fazer uma sessão só de casais.

36

A ÚLTIMA SEMANA foi a mais corrida. Eu estava muito ocupada terminando de organizar as malas. Se por um lado morria de vontade de voltar para casa e ver minha família e meus amigos, por outro não queria me afastar de Mark.

Fui para Friern Barnet pela última vez na véspera de minha partida. Quis aproveitar ao máximo a companhia de todos, sem pensar que em algum momento tudo aquilo acabaria. Os meninos tocaram um pouco, e Landon e James também apareceram por lá. Eu e Gio fizemos brigadeiro para todos e, depois, colocamos música para a gente se divertir dançando até o final. Mas teve uma coisa que acabei não fazendo, por receio de desperdiçar aqueles últimos e preciosos momentos ao lado de meus amigos: não fiquei muito tempo a sós com Mark.

– Mark, vou sentir muito a sua falta – falei no momento de me despedir dele. Sentia que ia ser mais difícil do que imaginava me separar dele.

– Clair, posso falar com você antes de ir? – ele sussurrou em meu ouvido enquanto nos abraçávamos fortemente.

Eu estava na porta, junto com Gio e Rose, que voltaria de carona com a gente. Scott esperava no carro.

– Claro.

– Vamos, Clair? – Gio me chamou.

– Já vou...

Mark me levou até o estúdio, onde podíamos conversar a sós. Sentou-se em um dos bancos e me puxou pela cintura para perto dele. Ele não parecia muito bem, agora que estávamos sozinhos.

– Clair, eu vou sentir muito a sua falta – Mark estava sério e olhando para além da parede da sala. – Você se lembra da primeira vez que a gente ficou, aqui, neste estúdio? – Ele riu, o olhar longe.

– Lembro... Como iria me esquecer? – Nesse momento, todas aquelas lembranças pareciam pertencer a um passado distante.

– Tenho que te falar que eu te amei desde a primeira vez, Clair.

Meu coração deu um pulo tão grande, e senti meu rosto ficar quente.

– Clair, mesmo com a distância, nunca vou me esquecer de você, porque eu te amo. Mas é mais que isso... Desculpa se te fiz qualquer coisa durante esses meses... Eu devia ter te falado desde o começo que não sou um cara tão sacana.

– Mark, o que eu posso te falar? – meu corpo inteiro tremia e algumas lágrimas caíam dos meus olhos.

– Você me ama?

– É lógico. Amo você! Nunca imaginei que iria passar daquela noite... Eu achava você tão imaturo... – ri, só de me lembrar do começo. – Você me deixou louca!

– Vem aqui, vem... – ele segurou meu rosto. – Vamos ver quem é mais louco.

Aproximamos nossos rostos e nos beijamos. Gio apareceu na porta do estúdio, pigarreando alto.

– Clair, precisamos ir! – ela estava brava. Virou-se para Mark e falou: – Desculpa, Mark.

– Eu te amo, Clarisse – ele falou baixinho no meu ouvido.

Eu o beijei de novo e corri porta afora, indo para o carro, onde os outros me esperavam.

Naquela noite não consegui dormir, pensando em Mark e em como seria minha volta para casa. Levei um susto ao escutar a porta do meu quarto se abrindo devagar no escuro. Pensei que pudesse ser algum ladrão e fiquei paralisada, sem saber se gritava ou se ficava bem quieta. O vulto se aproximou devagar, até se sentar na minha cama. Eu senti um cheiro muito conhecido: só podia ser uma pessoa.

– Mark? – perguntei, assustada.

– Ei, Clair. Não queria te acordar... Desculpa.

Acendi o abajur e Mark riu de mim.

– O que foi? Por acaso estou tão feia assim?

– Eu te acordei, né?

– Não. Estava tentando dormir, mas sem conseguir. Como você entrou?

– Ah, o Scott tem as chaves do fundo da casa.

– Esperto. Você sabia que quase me matou do coração?

– Fiquei com medo de você gritar.

– Se não fosse o seu cheiro.

– Estou fedendo? – ele cheirou embaixo dos braços.

– Não, seu bobo. É que eu já conheço o seu cheiro.

– Que tipo de cheiro eu tenho?

– Não sei te dizer, mas é bom.

– Humm... Só bom?

— Eu gosto muito... — fiquei sem graça.
— Só isso? — Mark veio se aproximando do meu rosto devagar. — Eu acho que você devia achar mais...
— Ah, é mesmo?
— É mesmo.

Nós nos beijamos, e o beijo foi aumentando de intensidade, até Mark começar a puxar minha blusa.
— Você tem camisinha, Mark? — Eu estava sem ar nenhum.
— No bolso da calça.

Foi como da primeira vez, mas melhor: eu não estava nervosa e aconteceu naturalmente.
— Como será que vai ser daqui para frente? — perguntei, recostada nele.
— Nós ainda vamos nos encontrar — ele me disse, segurando o meu queixo.
— Você me esqueceria se ficasse com outra garota?
— Jamais te esqueceria! E você... me esqueceria?
— Nunca — sussurrei.

Seu tom era interrogativo ao continuar:
— Quem é aquele Caio que você tem no Facebook?
— Ninguém importante.
— Ele te deixa tantas mensagens. Pode me falar... Eu não sou ciumento.
— Bom, eu já fui muito apaixonada por ele, e ele nunca deu bola para mim.
— Ele parece muito interessado. Olha que eu quebro esse cara se ele te fizer alguma coisa!
— Não, essa não.

Mark não parecia acreditar nas minhas palavras, mas deixou passar. Eu logo adormeci em seu colo quente.

Acordei com meu despertador. Era hora de me preparar para partir, e tinha de tirar Mark dali o mais rápido possível.

Se a mãe de Gio o encontrasse ali sem roupa, não sei qual seria a reação dela e a imagem que eu deixaria.

— Mark... — falei baixinho em seu ouvido. Ele se mexeu um pouco, mas nem tentou abrir os olhos. Chamei-o de novo e nada.

Olhei para o despertador na cabeceira: eram cinco e pouco da manhã. O meu voo estava marcado para as oito horas da manhã daquele dia. Não era uma hora boa para fazer uma viagem tão longa, mas sabe como são os pais: não aguentam esperar nem um minuto pela chegada do filho.

Eu me levantei para dar uma arrumação final nas malas, com a atenção voltada ao silêncio da casa, que podia ser quebrada a qualquer minuto. Escutei passos subindo pela escada e a voz da mãe de Gio chamando pela filha no quarto ao lado. Voei desesperada para cima de Mark:

— Mark, acorda agora! A mãe de Gio vai te pegar aqui!

— Você quer me matar? — Mark acordou assustado.

Escutei as batidas da mãe de Gio, agora na minha porta.

— Clair?

— Hum... — Fingi que tinha acabado de acordar. Ela deu mais algumas batidas e eu respondi: — Já acordei!

Fez-se um silêncio, até eu escutar seus passos descendo a escada. Como agradeci por aquilo! Mark logo se levantou e se vestiu rapidamente.

— O que você acha que acontece se ela me pegar aqui?

— Putz, nem sei... Acho que é melhor ela não saber.

— Onde ela está agora?

— Na cozinha, mas vem que eu te levo pela porta da frente.

A mãe de Gio estava na cozinha, de fato. Eu só não esperava ter de cruzar com o pai de Gio enquanto fechava a porta da frente.

— Bom dia, Clair! Quem era?

— Ninguém... Queria ver como estava o dia lá fora.

– Foi lá fora de pijama?
Era verdade, eu ainda estava de pijama.
– Não é que é verdade? Preciso me trocar! – dei um sorriso para disfarçar a desculpa esfarrapada.
Tomei um bom banho e coloquei a roupa que já tinha separado antes de fechar as malas. Quando desci para o café da manhã, arregalei os olhos ao encontrar Mark tomando café junto com todos. Como ele podia ser tão cara de pau? Eu o tinha mandado esperar lá fora um tempo, e não apenas alguns segundos.
– Bom dia, Clair! – ele sorriu para mim.
– Bom dia, Mark! – eu ri em resposta também.
– Como vai ser esse namoro à distância? – a mãe de Gio perguntou, curiosa.
– Por mim não muda nada – respondi.
Logo depois do café, minhas malas já estavam no porta-malas do carro do pai de Gio. Fomos todos para o aeroporto de Heathrow. Foi muito duro entrar no aeroporto e despachar minhas malas. Significava que eu não tinha mais escolha: estava realmente voltando para casa.
– Mark, estou com medo – falei baixinho no ouvido dele, enquanto nos despedíamos.
– Não precisa, porque eu estarei sempre aqui te esperando.
– Eu te amo muito.
– Ainda vamos ter outras chances de nos ver.
– Adeus, Mark...

Epílogo

EM UM PRIMEIRO momento, eu me decepcionei totalmente com Mark. Nem imaginei que, após a primeira vez, conseguiria ser amiga dele. Mas, depois, me apaixonei por ele, pelo que ele era como ser humano, e não como um músico famoso que todo mundo deseja. Nem ligava mais para aquelas meninas que me desprezavam em público, muito menos para as fofocas que corriam a meu respeito.

No nosso amor, aceitávamos os defeitos e as qualidades de cada um. Mark era extrovertido e adorava uma bagunça, mas às vezes passava dos limites e me irritava ou me machucava. Embora não conseguisse demonstrar os seus sentimentos para os outros, ele era sincero e se abria comigo. Já eu sou mais quieta com quem não conheço, mas adoro uma bagunça com os meus amigos. Sou mais caseira do que o Mark: prefiro ficar em casa cuidando de minhas coisas do que ser festeira. O meu péssimo defeito é a insegurança em confiar nos outros. Mark e eu crescemos juntos, por intermédio de brigas e carinhos. Mas tínhamos medo de perder um ao outro quando eu voltasse para o Brasil. Hoje, continuamos com o contato, mas falta a presença da realidade que havia antes.

Foi difícil me separar também da Gio, de seus pais e do Scott. Sinto tanta falta deles que, quando eu paro de fazer alguma coisa, sempre penso nos meus amigos e no que estarão fazendo naquele exato momento. Eu e Gio também continuamos nos falando: uma amizade verdadeira nunca acaba.

Quando o avião decolou, relembrei todos os momentos que havia passado naquela ilha europeia. Foi a primeira vez que não consegui dormir de jeito nenhum dentro de uma aeronave. Tampouco consegui ficar quieta, sem ligar a luz ou escutar alguma música. Aos poucos, não ouvia mais as pessoas falando o idioma inglês como antes, e sim o português, com o qual meu ouvido se desacostumara no dia a dia. Meu único contato era através da Gio, com seu sotaque inglês.

Nove horas se passaram até o avião descer em um país muito familiar para mim. Comecei a chorar de emoção assim que avancei pela porta de desembarque e encontrei minhas amigas e minha família esperando por mim. Havia sido uma longa viagem, para o outro lado do Atlântico, com muitas experiências a serem trocadas. Agora minha vida começaria uma nova página de seu livro.

Já faz alguns meses que tudo isso aconteceu. Amadurecer, enfrentar adversidades, fazer amizades, encarar a morte de uma pessoa querida, conhecer o amor e me tornar mulher – e, ainda por cima, num contexto externo ao meu ambiente natural – me transformaram e me fizeram enxergar coisas que a experiência cotidiana não teria me possibilitado. O que quero lhe dizer é que, se você deseja mesmo realizar os seus sonhos, simplesmente acredite que eles são possíveis. Mas não pela mente; é preciso que isso saia de dentro do seu coração.

O caminho não é simples, mas devemos percorrê-lo de cabeça erguida, sem medo das quedas que teremos no meio do caminho. Saiba que também aparecerão várias oportunidades, com muitas surpresas que o destino te trará. Simplesmente viva!

Saiba mais, dê sua opinião:

Conheça - www.novoseculo.com.br
Leia - www.novoseculo.com.br/blog

Curta - /NovoSeculoEditora

Siga - @NovoSeculo

Assista - /EditoraNovoSeculo